Armand Pierre Gourvat

Physiologie expérimentale sur la digitale et la digitaline

leur influence sur les muscles lisses et striés, les nerfs volontaires, sympathiques

Antigonos

Armand Pierre Gourvat

Physiologie expérimentale sur la digitale et la digitaline

leur influence sur les muscles lisses et striés, les nerfs volontaires, sympathiques

Réimpression inchangée de l'édition originale de 1871.

1ère édition 2024 | ISBN: 978-3-38814-544-0

Antigonos Verlag est une marque de Outlook Verlagsgesellschaft mbH.

Verlag (Éditeur): Outlook Verlag GmbH, Zeilweg 44, 60439 Frankfurt, Deutschland, info@outlook-verlag.de
Vertretungsberechtigt (Représentant autorisé): E. Roepke, Zeilweg 44, 60439 Frankfurt, Deutschland
Druck (Imprimerie): Libri Plureos GmbH, Friedensallee 273, 22763 Hamburg, Deutschland

PHYSIOLOGIE EXPÉRIMENTALE

SUR

LA DIGITALE

ET

LA DIGITALINE

LEUR INFLUENCE SUR :
LES MUSCLES LISSES ET STRIÉS, LES NERFS VOLONTAIRES, SYMPATHIQUES,
PNEUMOGASTRIQUES ET SENSIBLES DU CŒUR.
ACTION INTIME SUR LES CIRCULATIONS CARDIAQUE, CAPILLAIRE, ARTÉRIELLE,
VEINEUSE ET LYMPHATIQUE.
THÉORIE DYNAMIQUE DE LA SECRÉTION URINAIRE,
LES SECRÉTIONS DANS LEURS RAPPORTS AVEC LA TENSION VASCULAIRE SANGUINE.
BALANCEMENT DES SECRÉTIONS, ETC., ETC.

PAR

Armand-Pierre GOURVAT

Docteur en médecine,
Pharmacien de 1re classe, Ex-Interne lauréat des hôpitaux de Paris
Lauréat de la Faculté de médecine de Paris.

PARIS

A. PARENT, IMPRIMEUR DE LA FACULTÉ DE MÉDECINE
31, RUE MONSIEUR-LE-PRINCE, 31

1871

AVANT-PROPOS

Le but que nous nous étions proposé tout d'abord, c'était de rechercher les moyens propres à combattre les effets toxiques de la digitaline. Bien des efforts sont venus se briser sur cet écueil de la toxicologie, et les récompenses offertes par l'Académie témoignent de la difficulté de l'entreprise. La science des antidotes basée, il y a peu de temps encore, sur les seules propriétés chimiques des poisons, s'est enrichie tout nouvellement d'une branche fort importante des connaissances médicales, l'antagonisme physiologique des médicaments.

Si l'histoire chimique et l'étude physiologique de la digitaline avaient été parfaitement élucidées, nous aurions peut-être pu nous engager avec quelque espoir de succès dans la voie que nous nous étions tracée de prime abord ; mais ni l'une ni l'autre ne nous offrant une base d'expérimentation solide, force nous était, ou de renoncer à notre projet, ou de le faire précéder des préliminaires indispensables.

La question nous séduisait par sa difficulté même et nous attirait invinciblement ; mais le champ de notre étude devenant alors trop vaste, nous avons dû le restreindre à l'une des deux parties qui en sont comme les prémisses. Nous nous sommes donc attaché à rechercher l'action physiologique de la digitaline, et nous nous estimerons heureux ; si nous sommes parvenu à rendre quelque service à la science et à préparer la solution plus ou moins prochaine du problème que nous nous étions proposé, et que les circonstances et la santé ne nous ont pas permis de poursuivre plus longtemps.

C'est pour nous un devoir et un plaisir de remercier publiquement M. le professeur Vulpian et M. le Dr Constantin Paul de leur empressement à nous communiquer les travaux qu'ils ont publiés sur la matière; nous exprimons aussi toute notre reconnaissance à M. le professeur Longet, qui a bien voulu mettre son laboratoire à notre disposition, et à son habile et intelligent préparateur, M. Carville, dont le concours éclairé nous a été très-utile en maintes circonstances.

DE LA DIGITALE

ET

DE LA DIGITALINE

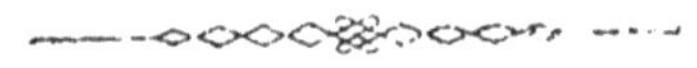

HISTORIQUE.

La digitale paraît avoir été inconnue aux anciens Grecs et Romains; Théophraste et Dioscoride ne donnent aucune description qui puisse s'y rapporter, et leur baccharis, dont on trouve une figure dans les commentaires de Mathiole, sur Dioscoride au xvie siècle et qui offre une certaine ressemblance avec la digitale, s'en distingue par l'odeur de ses fleurs et la ressemblance de ses racines avec celles du vératre noir, d'ailleurs, Mathiole, Fuchs, Tragus, etc., disent que le baccharis est la conyze, ce qui pourrait, il est vrai, faire confondre ses feuilles avec celles de la digitale.

La Digitale était connue des Germains sous le nom de Fingerhut ou Fingerkraut, et c'est Fuchs (1), professeur à l'Université de Tubingen, qui lui donna le premier le nom qu'elle porte aujourd'hui à cause de la ressemblance de ses fleurs à un dé à coudre; il en décrivit deux espèces, la jaune et la pourprée.

H. Tragus, vers la même époque, la nomma Campanula seu digitalis; mais ce dernier nom, emprunté à Fuchs, est resté classique.

(1) De Historia Stirpium commentarii, 1542.

Gourvat.   2

Un assez grand nombre d'espèces ont été décrites depuis le travail de Fuchs, et toutes paraissent avoir les mêmes propriétés ; ainsi, le digitalis ambigua selon Carminati, l'epiglottis suivant Bréra, le lutea d'après le Dr Careno, auraient des propriétés identiques à celles du purpurea. Cependant on est convenu, dans notre pays, de donner toujours le digitalis purpurea, à défaut de spécification contraire.

L'introduction de la digitale dans la matière médicale ne date guère que du commencement du xviiie siècle. En 1721, on la voit figurer dans les pharmacopées de Londres, de Paris et de Wurtemberg.

Van Helmont, Boerhaave, Haller, Fourcroy, etc., vantent ses succès dans la scrofule et les ulcères scrofuleux ; F. Home la range parmi les purgatifs drastiques ; Ferrein dit qu'elle purge par haut et par bas, et rend des services dans les apoplexies invétérées.

Dès l'année 1775, Withering étudie son action sur la circulation, et, dans sa monographie publiée avec Cullen en 1785, il met la chute du pouls et la diurèse au nombre de ses effets les plus remarquables. A partir de cette époque, on voit successivement Hamilton, les Darvin, Quin, Ferriar, Vacca Berlinghieri, etc., mentionner son action diurétique, Beddoès, Kinglake, Schwilgué, etc., proclamer le ralentissement et la résistance concomitante du pouls.

L'Ecole italienne, et, à sa tête, Thomasini, Rasori, Giacomini, la classent parmi les contro-stimulants les plus puissants.

En France, Andral, Germain de Château-Thierry, Bouillaud, etc., ont constaté la puissance antiphlogistique de la digitale et le dernier de ces auteurs la considère comme un des premiers narcotiques du cœur.

Après la découverte des alcaloïdes auxquels le quinquina doit sa vertu anti-périodique et l'opium ses propriétés soporifiques, il était naturel de soupçonner dans la digitale l'existence d'un principe immédiat qui représenterait sous un petit volume les attributs essentiels de cette plante.

Les chimistes se mirent donc à l'œuvre, mais égarés par l'idée qu'ils avaient affaire à une substance de nature alcaline, comme la plupart de celles qu'on avait retirées des cinchonas et des opiums, leurs efforts n'aboutirent d'abord qu'à des résultats douteux et incertains et les travaux de Pauquy d'Amiens (1824), de Leroyer (1824), de Dulon d'Astafort (1835), de Watson et Svelding (1834), de Rollier (1834), de Lancelot (1834), Morel (1844), ne révélèrent que des produits sans valeur ou plus ou moins impurs.

C'est à MM. Homolle et Quevenne que revient l'honneur, non pas d'avoir entrevu et signalé les premiers la digitaline, mais de l'avoir obtenue dans un état de pureté convenable et assez bien définie par ses caractères physiques, chimiques et organoleptiques.

L'action thérapeutique de ce principe neutre et immédiat fut étudiée par les auteurs de sa découverte et ensuite par les Drs Bouillaud, Hervieux, Andral et Lemaîstre, Strohl, Durozier, Bouchardat et Sandras. Tous sont à peu près unanimes à lui reconnaître les mêmes propriétés qu'à la digitale, et sont d'avis qu'elle peut être employée dans tous les cas où celle-ci est indiquée.

Les effets thérapeutiques une fois connus, on a voulu aller plus loin et savoir comment et dans quel ordre ils se produisent. Quelques expériences ont été tentées et beaucoup d'hypothèses ont été faites, pour expliquer le mode d'action de la plante et de son principe actif sur l'économie. C'est à la vérification expérimentale des unes et des autres, à leur discussion sincère et impartiale, à la recherche unique de la vérité, en un mot, que nous avons consacré le temps dont nous avons pu disposer.

Action physiologique de la digitale et de la digitaline sur les tissus et fonctions de l'économie.

Dans l'exposition des faits qui se rattachent à notre sujet, nous avons adopté la méthode qui nous a paru la plus logique, celle qui consiste à procéder du simple au composé. Ainsi, après avoir dit quelques mots de l'action locale de la digitale et de la digitaline, nous étudierons successivement leur action sur les tissus immédiatement nécessaires à la manifestat'on des phénomènes de la vie et sur les diverses fonctions qui concourent à la conservation de l'individu et de l'espèce. Voici l'ordre que nous avons adopté :

1° Action locale résultant de l'application à la surface ou dans la profondeur des tissus.

2° Action sur les principaux tissus.	Tissu musculaire,	muscles striés ou volontaires.
		muscles lisses ou involontaires.
	Tissu nerveux,	nerfs de relation ou de la vie animale.
		nerfs sympathiques ou de la vie organique.
3 Action sur les diverses fonctions.	Circulation vasculaire sanguine.	Circulation cardiaque.
		Circulation capillaire.
		Circulation des gros vaisseaux.
	Circulation lymphatique, cœurs lymphatiques; respiration ; calorification ; nutrition ; organes des sens ; sécrétions ; reproduction.	

CHAPITRE PREMIER.

§ 1. — ACTION LOCALE.

Appliquées sur la peau revêtue de son épiderme, la digitale et la digitaline ne produisent aucune sensation, aucun changement de forme ou de couleur : sur les muqueuses et le derme dénudé, au contraire, elles produisent une inflammation plus ou moins vive se traduisant par de la chaleur, de la cuisson, du prurit, de la rougeur, l'œdème, et pouvant aller jusqu'à l'ulcération et la gangrène de la partie atteinte (Homolle et Quevenne; Gubler). La digitaline est encore plus irritante que la digitale, et introduite dans le tissu cellulaire sous-cutané, soit en poudre, soit en solution, elle développe parfois sur place de petits phlegmons, qui sont suivis d'une réaction fébrile générale assez intente et de suppuration. Il est nécessaire de tenir compte de ces effets qui pourraient induire en erreur et conduire à des résultats inexacts dans les recherches physiologiques.

CHAPITRE II.

ACTION SUR LES TISSUS MUSCULAIRE ET NERVEUX.

§ 1. — *Tissu musculaire strié ou volontaire.*

Les auteurs (Bouley et Raynal, Stannius, Bouchardat et Sandras, Homolle et Quevenne, Tardieu, etc.), qui ont étudié l'action de la digitale et de la digitaline sur les animaux supérieurs, ont observé que, sous l'influence d'une dose moyenne longtemps continuée ou d'une forte dose administrée en une seule fois, ces animaux étaient pris de lassitude, d'abattement, de prostation et parfois de tremblements spasmodiques ou mouvements convulsifs, tous phénomènes avant-coureurs de la mort.

Cette faiblesse qui s'empare des animaux empoisonnés par ces substances, peut et doit tenir à leur action sur la fibre musculaire dont elles diminuent et abolissent même la contractilité qui lui est propre; mais on peut aussi la rapporter, comme nous le verrons par la suite, à la résolution de l'influx nerveux qui, ne sollicitant plus la fibre musculaire, la laisserait dans l'inaction.

Il s'agit donc de rechercher quelle est la part qui revient à chaque élément musculaire et nerveux dans cette abolition des facultés locomotrices. Pour y parvenir, nous nous sommes servi de la grenouille, animal à sang froid, dont les propriétés musculaires et nerveuses, très-lentes à s'éteindre après la mort brusque provoquée par l'arrêt de la circulation, permettront de suivre avec rigueur les progrès de l'empoisonnement digitalique.

Mongiardini affirme que les muscles d'une grenouille trempés dans une décoction de feuilles de digitale ne perdent rien de leur contractilité ordinaire; Stannius dit que la digitaline ne produit qu'un affaiblissement musculaire passager; Kink et Beddoès auraient constaté une excitation primitive (Homolle et Quevenne); M. Vulpian (Mémoires de la Société de biologie, 1855), après avoir tracé, avec le talent d'observateur qui le caractérise, les perturbations que la digitaline imprime à la circulation cardiaque des grenouilles, dit que toujours la puissance contractile de leurs muscles disparaît rapidement.

A ces assertions contradictoires, nous allons répondre par l'expérience. Nous avons administré la digitaline à des doses variées depuis 1/10 jusqu'à 2 et 3 milligrammes; les plus faibles doses 1/10, 2/10 de milligramme, ne produisaient ordinairement aucun phénomène sensible sur les mouvements réflexes et volontaires, et les grenouilles n'en paraissent nullement incommodées. Ce n'est qu'aux doses de 1/4, 1/3 ou 1/2 milligramme, suivant la force des grenouilles, que l'on observe quelquefois une légère excitation primitive et presque toujours un affaiblissement des mouvements volontaires de quelques heures de durée, suivi d'un retour complet à l'état normal.

Donnée à la dose de 1 milligramme aux grenouilles petites et moyennes, à celle de 2 et 3 milligrammes aux fortes grenouilles, la digitaline arrête, en une minute environ, le cœur, supprime la circulation, source de la vie et permet alors de suivre avec précision la décroissance de la contractilité musculaire. Pour mettre nos expériences à l'abri de toute objection, nous avons toujours opéré avec deux grenouilles de même espèce et de même force, dont l'une était empoisonnée par la digitaline et l'autre avait en même temps le cœur lié à la base du ventricule. De la sorte, le début de la mort datait du même instant chez les deux grenouilles et la différence observée dans l'extinction plus ou moins rapide de leur contractilité musculaire ne laissait aucun doute sur la part qui devait être attribuée à l'action de la digitaline. Nous ne rapportons que deux exemples, auxquels se rattacheront tous les autres.

Le 14 décembre 1869, nous choisissons deux grenouilles semblables par l'espèce et la taille. A 9 heures 1/2 du matin, nous injectons à l'une 2 milligrammes de digitaline et, à l'autre, nous faisons la ligature du ventricule.

Chez la première, une heure après, les muscles abdominaux sont à peu près insensibles au courant de la pince Pulvermacher ; ceux des membres ont aussi perdu beaucoup de leur contractilité, mais moins que les précédents, ce qui tient à ce que la digitaline avait été injectée sous la peau de la région abdominale. La contractilité musculaire est, au contraire, bien conservée chez la deuxième grenouille dans toutes les parties du corps.

Deux heures et demie après le début de l'expérience, les muscles excités directement chez les deux grenouilles, au moyen de la pince Pulvermacher, sont à peine sensibles chez la première et se contractent encore énergiquement chez la seconde.

Au bout de sept heures et demi, la galvanisation ne produit aucun signe de contraction musculaire chez la première grenouille et provoque des mouvements dans toutes les parties du corps de la seconde.

Nous avons fait une dizaine d'expériences semblables desquelles il résulte que les grenouilles empoisonnées par la digitaline ont perdu toute contractilité musculaire au bout de huit, dix, douze heures au plus, tandis que cette contractilité se conserve intacte plus de quarante-huit heures chez celles dont la mort résulte simplement de l'arrêt des mouvements du cœur.

Le 21 décembre 1869, nous prenons deux grenouilles sem-

blables. A six heures et demie du soir nous injectons, à l'une,
2 milligrammes curare et 2 milligrammes digitaline, à l'autre
2 milligrammes curare seulement.

Une aussi forte dose de curare arrête bientôt le cœur, paralyse les nerfs volontaires et laisse intacte la fibre musculaire.

La contractilité des muscles a été s'affaiblissant petit à petit
chez la première grenouille, de telle sorte qu'elle était complétement éteinte au bout de quinze heures.

Le 24 à six heures du soir, c'est-à-dire trois jours après, la
contactilité musculaire n'avait pas entièrement disparu chez
la seconde grenouille. On voit par cette expérience que la
contractilité des muscles volontaires disparaît au moins cinq
fois plus vite sous l'influence de la digitaline qu'à l'état
normal.

Quand, au lieu de donner une forte dose en une seule fois,
on la donne en plusieurs fois à quelques minutes d'intervalle,
la contractilité musculaire disparaît encore plus vite, parce
que le cœur ne s'arrêtant pas subitement, la digitaline est
mieux distribuée dans toutes les parties de l'économie.

Des expériences faites au mois de mai dernier, ont démontré que l'empoisonnement marche deux fois plus vite en
été qu'en hiver.

Ainsi à faibles doses, la digitaline a peu ou pas d'action sur
la fibre musculaire, mais la paralyse rapidement à haute
dose.

§ 2. — *Action sur les muscles lisses ou involontaires.*

Presque tout le système musculaire de la vie organique est
convulsé par des doses moyennes ou fortes de digitaline.
Dickinson, Delpech, Piédagnel, Tousseau, Gubler, etc., ont vu
la digitale déterminer des contractions utérines nettes, intermittentes et régulières et arrêter les métrorrhagies. Boulay et
Raynal ont vu également la miction devenir très-fréquente
dans l'empoisonnement par la digitale, et les coliques intestinales et les vomissements sont les symptômes habituels de
l'intoxication digitalique.

Chez les lapins auxquels nous avons administré 2 ou 3 centigrammes de digitaline, il y a eu de fortes contractions intestinales qui se traduisaient sur la paroi abdominale par des mouvements ondulatoires visibles à l'œil nu et perceptibles à la paume de la main appliquée sur cette paroi; les lapins morts empoisonnés ont présenté l'intestin contracté, revenu sur lui-même et vide d'un bout à l'autre, à l'exception de l'appendice cæcal et de la cavité stomacale ; on sait, en effet, que les lapins ne vomissent pas, et le cæcum est un appareil dans lequel les matières peuvent très-bien s'accumuler sous l'influence de la contraction des autres parties de l'intestin.

Les évacuations alvines et les vomissements ne laissent aucun doute sur ces convulsions de l'appareil digestif et il nous a été facile de les reproduire graphiquement au moyen de l'appareil enregistreur à air comprimé.

Pour les voir de plus près, nous avons pris deux petits cochons d'Inde de la même portée, l'un un peu plus fort que l'autre. Après les avoir fixés tous les deux sur le dos, nous avons injecté au plus fort 2 centigrammes de digitaline. Au bout de cinq à six minutes, ses forces sont brisées, sa tête renversée, ses cris étouffés et ses battements cardiaques fort désordonnés. Nous ouvrons alors les deux cavités abdominales et bientôt les intestins de celui qui a été empoisonné deviennent le siége de mouvements vermiculaires prononcés, très-forts par intervalles et par places; en certains endroits, l'intestin se contracte énergiquement, revient complétement sur lui-même de façon à effacer le canal limité par ses parois. La vessie s'est aussi contractée et vidée. Rien de semblable ne s'est passé chez l'autre cochon d'Inde.

Les battements du cœur étant déjà très faibles chez le premier cochon d'Inde, nous ouvrons les deux cavités thoraciques, et les deux animaux meurent asphyxiés. La contractilité des intestins n'a pas tardé à disparaître chez tous les deux, mais elle s'est éteinte notablement plus tôt chez celui qui avait reçu la digitaline que chez l'autre.

Faut-il conclure de tous ces faits que la digitale et la digitaline ne paralysent pas les muscles lisses comme les muscles striés? Nous ne le pensons pas, et nous venons de voir qu'elles ont hâté chez le premier cochon d'Inde l'extinction de la contractilité des intestins.

Quant aux contractions qu'elles déterminent sur la plupart des muscles lisses, utérus, vessie, intestins, etc., elle est due à la surexcitation du grand sympathique, comme la tétanisation des muscles volontaires par la strychine tient à l'exagération du pouvoir excito-moteur de la moelle épinière; c'est ce que nous tâcherons de démontrer dans le cours de ce travail.

§ 3. — *Action sur le système nerveux de la vie animale ou de relation.*

Tous ceux qui ont employé le digitale et la digitaline reconnaissent que ces substances sagement administrées exercent une sédation manifeste sur le système nerveux et ramènent le calme et le sommeil là où il n'y avait auparavant qu'agitation et insomnie. Si, dans quelques cas, on a observé un peu d'excitation cérébrale et même de délire chez les malades soumis à ce traitement (Bouillaud), on ne doit les attribuer qu'à une prédisposition individuelle, à l'idiosyncrasie du sujet. Les animaux auxquels nous avons fait prendre de petites doses de digitaline, n'ont présenté aucun trouble nerveux; ils paraissaient seulement un peu plus dispos, plus alertes et plus éveillés.

Quand on donne, au contraire, des doses progressivement croissantes ou rapidement toxiques, on observe deux phases dans les phénomènes nerveux. En premier lieu, les animaux éprouvent de l'agitation, de l'inquiétude, une excitation générale; les muqueuses sont fortement colorées, les narines dilatées et animées de mouvements vibratoires; les yeux brillants, fixes; la face grippée; la circulation et la respiration accélérées, tumultueuses (Bouley et Raynal).

Les personnes empoisonnées ont des maux de tête, des

vertiges, du délire, des hallucinations, des bourdonnements d'oreille ; cependant l'intelligence reste lucide jusqu'à la fin dans la plupart des cas (Tardieu).

Les lapins que nous avons empoisonnés ont été d'abord agacés ; ils grinçaient des dents et mordaient tout ce qui se trouvait à leur portée. Les grenouilles étaient plus excitables, plus impressionnables et éprouvaient des soubresauts, des tressaillements au moindre choc.

Après cette excitation primitive, dont la durée varie suivant le mode d'administration de la digitaline, on voit survenir un abattement nerveux profond, l'affaiblissement des facultés intellectuelles, le coma, l'insensibilité générale ; les animaux, étendus sur le sol, les pattes allongées et la tête appuyée contre terre, retombent comme des masses inertes quand on les remet sur leurs membres, et ils ne tardent pas à succomber (Stannius, Bouley et Raynal, Bouchardat et Sandras, Homolle, Tardieu).

La propriété excito-motrice de la moelle épinière et la faculté conductrice des nerfs disparaissent bientôt après la mort ; Galan l'avait déjà observée chez le cochon d'Inde et la grenouille (thèse 1862).

Nous avons fait une douzaine d'expériences sur la grenouille, et toujours les propriétés de la moelle et des nerfs volontaires étaient abolies avant la contractilité musculaire ; car, alors que celle-ci se manifestait sous l'influence du courant électrique, la galvanisation des nerfs et de la moelle, pas plus que la destruction complète de cette dernière, ne la mettaient en jeu.

A l'examen microscopique, les cellules nerveuses nous ont semblé être déformées, et l'étui médullaire qui enveloppe le cylindre-axe des tubes nerveux est complétement détruit et réduit en gouttelettes ou fines granulations.

Ainsi le système nerveux volontaire, tempéré par de petites doses, est profondément affecté et même désorganisé par de fortes doses.

§ 4. — *Action sur le grand sympathique, nerf de la vie organique ou végétative.*

Dans sa thèse inaugurale (1867), M. Legroux conclut à la tonicité exercée par la digitale sur le système vaso-moteur. A l'appui de son opinion, il invoque, d'une part, l'action anti-phlogistique qu'elle produit sur les pyrexies et les phlegmasies; d'autre part, une expérience faite sur un lapin dont l'artère auriculaire centrale était devenue et restée filiforme pendant vingt-quatre heures sous l'influence de 1 centigramme de digitaline. M. Hirtz (*Dict. des sciences médic.*, art. *Digitale*), s'appuyant sur des considérations analogues, émet la même opinion. M. le professeur Gubler (*Comment. thérap. du Codex*) dit que, à titre de galvanisant des nerfs cardiaques et du système vaso-moteur en général, la digitale et la digitaline sont généralement et rationnellement indiquées dans tous les cas où l'atonie paralytique de cet appareil nerveux complexe constitue le phénomène morbide fondamental ou bien l'un des éléments importants de l'affection.

Ces assertions uniquement basées sur l'induction ne reposent, à notre connaissance, sur aucune épreuve de physiologie expérimentale. Cependant, la modération de la fièvre, l'abaissement de la température et la pâleur des tissus, qui sont la conséquence de l'usage prolongé de la digitale dans les affections inflammatoires, peuvent tenir à trois causes : soit à l'action modératrice exercée exclusivement par cet agent sur l'organe central de la circulation, comme le voulaient Stannius et M. Bouillaud ; soit à son action immédiate sur la tunique musculaire des petits vaisseaux, soit enfin à celle qu'il exercerait sur les vaso-moteurs.

C'est dans le but de résoudre la question que nous avons entrepris l'expérience suivante.

En novembre 1869, nous avons fait la section du grand sympathique à la région cervicale droite chez le lapin. Bientôt après, l'oreille droite s'est vascularisée, tous ses vaisseaux ont augmenté de volume et sont devenus très-apparents là où ils étaient à peine visibles avant la section ; l'oreille était très-rouge et très-chaude au toucher ; l'artère centrale était triplée de volume et permettait de compter exactement les pulsations cardiaques par le toucher.

Du côté gauche, au contraire, l'oreille avait conservé son aspect normal, sa fraîcheur et sa pâleur ; les mouvements de diastole et de systole de son artère centrale, restés indépendants de ceux du cœur, étaient beaucoup moins fréquents, et le doigt appliqué sur elle ne percevait pas les pulsations cardiaques. En outre, l'ouverture pupillaire droite s'était légèrement rétrécie, la gauche restant la même. Au bout de quarante heures environ, la différence entre les deux oreilles et les deux pupilles étant la même, nous avons injecté 5 milligrammes de digitaline dans le tissu cellulaire sous-cutané. Vingt-quatre heures après l'injection, la différence entre les deux oreilles était peu changée ; la vascularisation et la température ne semblaient pas modifiées à droite ; à gauche, l'artère auriculaire centrale était devenue plus fine et ses mouvements alternatifs de systole et de diastole peu ou point apparents ; l'inégalité pupillaire était considérablement augmentée ; l'ouverture de la pupille droite était la même qu'avant l'injection de digitaline, tandis que la pupille gauche s'était largement ouverte.

Nous pensons que cette expérience suffirait déjà à elle seule pour démontrer que la digitaline agit par l'intermédiaire du grand sympathique en le tonifiant, puisque la circulation et la température de l'oreille droite, ainsi que l'ouverture pupillaire du même côté, n'ont pas été influencées par elle après la section de ce nerf, tandis que l'artère auriculaire gauche a diminué de volume, et que l'ouverture pupillaire correspondante s'est fortement élargie, le nerf grand sympathique gauche étant resté intact.

Cette expérience confirme ce que nous avons avancé précédemment, savoir que la digitale et la digitaline provoquent les contractions des muscles lisses ou involontaires par l'intermédiaire du grand sympathique. L'étude que nous allons faire maintenant de la circulation vasculaire sanguine ne fera qu'ajouter de nouvelles preuves à ce mode d'action.

CHAPITRE III.

ACTION DE LA DIGITALE ET DE LA DIGITALINE SUR LES DIFFÉRENTES FONCTIONS.

§ 1. — *Action sur la circulation vasculaire sanguine.*

Nous examinerons successivement la circulation cardiaque, la circulation capillaire et la circulation des gros vaisseaux.

Circulation cardiaque. — La digitaline est généralement considérée comme ayant une action élective sur l'organe central de la circulation ; aussi le cœur est-il le réactif physiologique par excellence, et même le seul réactif dont dispose la science pour arriver à la constatation de la présence de ce principe dans des matières suspectes. Il est donc de la plus haute importance de bien établir les phénomènes dont le cœur devient le théâtre sous son influence.

M. Vulpian est le premier qui ait bien étudié l'action de la digitaline sur le cœur des batraciens, et nous donnerons ici l'exposé succinct de ses intéressantes observations sur les grenouilles (Mémoires de la Société de biologie, 2ᵉ série, t. II, p. 67, 1855). Voici le résultat d'une première série d'expériences faites sur des grenouilles faibles et amaigries par le jeûne, et auxquelles il administrait la digitaline en poudre sous la peau du dos à la dose de 1 milligramme environ : jamais il n'y eut d'accélération des battements cardiaques, et le ralentissement fut la règle générale. En même temps, les contractions devenaient irrégulières, inégales et intermittentes ; le ventricule, après quelques hésitations, s'arrêtait, tantôt en diastole et plein de sang, tantôt en systole pâle et exsangue, pendant que les oreillettes fonctionnaient vaine-

ment, sans provoquer ses contractions ou sans pouvoir le distendre. Un instant après, le ventricule reprenait ses mouvements incertains, se contractait partiellement, un point devenant pâle et resserré, un autre restant rouge et relâché. Enfin,
au bout de cinq à dix minutes, il s'arrêtait définitivement, soit
en contraction permanente, soit en relâchement complet. Les
oreillettes ne cessaient de battre que quelque temps après, et
restaient toujours congestionnées ; les mouvements réflexes
et volontaires des grenouilles persistaient encore quelque
temps après l'abolition des fonctions cardiaques.

Ayant fait une deuxième série d'expériences sur des grenouilles vigoureuses, M. Vulpian observa bien le ralentissement progressif, les incertitudes, les hésitations, les intermittences, les contractions partielles et les suspensions momen-
tanées des pulsations cardiaques ; mais toujours le cœur ne
cessait de battre qu'après la perte des mouvements volontaires
et réflexes.

Nos expériences nous ont permis de saisir le mécanisme du
ralentissement. Quelques instants après l'administration d'une
très-petite dose de digitaline, 1/4 ou 1/2 milligramme, sur un
certain nombre de contractions ventriculaires, on en voit une,
moins étendue que les autres, se renouveler à intervalles plus
ou moins rapprochés ; petit à petit, la série des mouvements
ventriculaires se transforme en une succession de battements
doubles, dont l'un est faible et l'autre fort ; puis, insensiblement, le battement faible s'efface complétement, et il ne reste
alors qu'un battement sur deux. C'est ainsi qu'en général le
nombre des pulsations cardiaques se réduit du double au
simple.

La fréquence des mouvements des oreillettes décroît ordinairement moins vite que celle des mouvements des ventricules ; aussi voit-on souvent subsister deux contractions auriculaires pour une seule ventriculaire. Ce dédoublement insen-
sible des contractions ventriculaires constitue déjà l'inégalité
et le commencement des intermittences, qui consistent, non-
seulement dans la disparition progressive d'un battement sur

deux, mais encore dans les arrêts momentanés du ventricule, soit en diastole, soit en systole.

Parfois nous avons observé un curieux phénomène, une dissociation complète dans l'harmonie des mouvements auriculaires et ventriculaires; les deux oreillettes, au lieu de battre simultanément, se contractaient séparément; l'une se vidait dans le ventricule, qui se contractait à son tour; l'autre se vidait à son tour dans le ventricule, qui se contractait de nouveau; et ainsi de suite pendant quelque temps, de sorte que l'ordre des choses est ici renversé, et qu'il y a deux battements ventriculaires pour un seul auriculaire.

Nous devons nous demander maintenant si le ralentissement du cœur est constant sous l'influence de la digitaline.

En 1867, MM. Legroux et Legros, dans leurs thèses sur la digitale, ont signalé l'accélération et l'énergie des battements cardiaques de la grenouille, et ces auteurs, bien que s'étant mis, à notre avis, dans des conditions anormales et anti-physiologiques, en détachant le cœur et le mettant dans une solution de digitaline ou d'extrait de digitale, nous paraissent avoir été les fidèles interprètes de la vérité.

Si nous interrogeons la clinique et la médecine expérimentale, nous voyons les auteurs partagés en trois catégories; les uns, et ce sont les plus nombreux, W. thering, Cullen, Mosman, Kinglake, Crawfort, Macdonal, Clutterbruck, Schwilgué, Vassal, Bidault de Villiers, Witfield, Homolle et Quevenne, Bouchardat et Sandras, Hirtz, etc., disent que la digitale et la digitaline données à doses thérapeutiques pendant quatre à cinq jours consécutifs, amènent constamment le ralentissement du pouls et conséquemment des battements cardiaques; d'autres, Jœrg, Hutchinson et Sanders, veulent qu'il y ait toujours accélération primitive et que le ralentissement ne soit que consécutif, aux mêmes conditions de doses thérapeutiques; Homolle, Hirtz, Lorain, n'admettent l'accélération primitive que comme exceptionnelle, dépendant de quelque impression fâcheuse ou du mouvement et se rangent au nombre de ceux qui professent la diminution de fréquence comme règle générale à faible dose. Un troisième groupe expérimentant à dose toxique, affirme que, dans les premières vingt-quatre heures, les battements du cœur sont plus fréquents, plus énergiques et qu'à l'auscultation on perçoit un frémissement vibratoire, un tintement métallique, remplacés plus tard par un bruit de souffle plus ou moins marqué à mesure que l'intoxication se prononce davantage (Bouley et Raynal); puis le ralentissement, l'irrégularité et l'intermittence succéderaient à l'accélération primitive; MM. Chauveau et Marey auraient fait la même observation. Cependant MM. Bouchardat et Sandras ne signalent que le ralentissement dans les empoisonnements qu'ils ont produits sur les chiens, et dans les cas d'intoxication rapportés par M. Tardieu, on ne voit que le ralentissement de mentionné.

Nous avons fait des expériences sur les chiens, les lapins et les grenouilles. A petites doses, nous avons généralement observé le ralentissement, et, à haute dose, l'accélération et l'énergie suivies plus tard du ralentissement; peut-être la période initiale a-t-elle echappé à ceux qui n'ont signalé que le ralentissement à haute dose.

Nous croyons pouvoir résumer de la manière suivante le résultat de cette série d'observations :

1° Le ralentissement constant des battements du cœur sous l'influence de petites doses de digitale ou de digitaline;

2° L'accélération primitive à hautes doses et le ralentissement consécutif.

Nous devons ajouter que, d'après les observations de MM. Homolle, Hirtz, Lorain, les impressions vives, les mouvements, la fatigue, la douleur, etc., feront varier ces résultats et changeront souvent le ralentissement en accélération, ce qui a peut-être induit en erreur ceux qui ont soutenu la doctrine de l'accélération primitive à toutes les doses.

Les nombreuses modifications que nous venons de constater dans la circulation cardiaque soulèvent cette nouvelle question :

La digitale et la digitaline sont-elles des toniques ou des

stupéfiants du cœur, comme M. Bouillaud l'a professé tour à tour?

Et d'abord, ainsi qu'il appert de la discussion précédente, quand on donne ces substances à faibles doses chez l'homme et les animaux, on ne constate d'autre phénomène que le ralentissement des mouvements du cœur, avec toutes ses conséquences, chute du pouls, modération de la fièvre chez les fébricitants, abaissement de la température, pâleur des tissus, etc.; voilà ce qui, par une fausse interprétation, avait fait dire à M. Bouillaud que la digitale était le stupéfiant, l'opium du cœur. Nous verrons, en effet, que ces modifications qu'imprime la digitale à la circulation, sont bien plutôt le résultat d'une action hypersthénisante qu'hyposthénisante. Celle-ci cependant n'en n'existe pas moins, mais c'est à haute dose qu'elle se manifeste.

M. Vulpian nous dit que. à la dose approximative de 1 milligr. de digitaline, le cœur des grenouilles s'arrête, tantôt en diastole, tantôt en systole, après avoir éprouvé la série de perturbations précédemment décrites. Stannius et la généralité de ceux qui ont donné la digitale et la digitaline à doses toxiques ont constaté que, immédiatement après la mort de l'animal par la cessation des mouvements spontanés du cœur, celui-ci a perdu ou ne tarde pas à perdre complétement la propriété de se contracter par l'application des pôles électriques sur sa fibre musculaire. Nous-même avons constaté cette impuissance de contraction du cœur par l'électrisation aussitôt après la mort des chiens et des lapins empoisonnés par la digitaline; c'est à peine si nous pouvions provoquer un ou deux mouvements vermiculaires des ventricules ou des oreillettes.

Quand, au contraire, on tue instantanément un chien par la section du bulbe, les mouvements spontanés du cœur ne s'arrêtent définitivement qu'au bout d'une à deux heures, et peuvent même persister dix à quinze minutes après son arrachement et son isolement de toutes les autres parties du corps.

Il est donc bien certain que la digitale et la digitaline stupéfient le cœur, qu'elles le paralysent, comme elles paralysent

tout le système musculaire, mais seulement par l'administration de doses toxiques ou l'accumulation de doses modérées
continuées pendant longtemps.

Malgré cette stupéfaction et parallèlement ou antérieurement
à elle, n'y a-t-il pas une action tonique?

Nous avons déjà dit que MM. Bouley et Raynal, Chauveau e
Marey, ont observé l'accroissement de force et d'énergie des
battements du cœur au début de l'empoisonnement chez les
mammifères; MM. Legros et Legroux ont vu le cœur des grenouilles s'arrêter en contraction permanente; MM. Pelikan et
Claude Bernard disent qu'il s'arrête toujours en contraction,
et M. Vulpian l'a vu s'arrêter parfois en systole. Voilà, croyons-
nous, des observations sur lesquelles on n'oserait élever aucun
doute et qui parlent déjà en faveur d'un accroissement de
force. Voici maintenant le résultat de nos observations :

Chez les chiens que nous avons empoisonnés par l'injection
de 4 à 5 centigr. de digitaline dans la veine jugulaire, le cœur
est devenu immédiatement le siége de battements violents,
éclatants, vibrants, pouvant faire craindre la rupture de ses
parois, et nous avons alors obtenu une augmentation de la
tension sanguine, ainsi que MM. Chauveau et Marey l'avaient
déjà observé au début de l'emprisonnement; chez les grenouilles, à la dose de 1 et 2 milligr., nous avons toujours vu
le cœur battre plus vite, se contracter plus énergiquement et
finalement s'arrêter en état de tétanisation, contracturé, pâle,
exsangue, rapetissé, y rester souvent indéfiniment, quelquefois se relâcher et recommencer à battre avant de s'arrêter
complétement.

Ainsi, par tout ce qui précède, l'augmentation de force ou
plutôt l'accroissement de la dépense des forces du cœur est
suffisamment démontré par une forte dose de digitale ou de
digitaline.

A petite dose, la question était plus difficile à résoudre,
puisque le ralentissement est un fait constant et qu'il ferait
plutôt croire à l'affaiblissement, à la stupéfaction du cœur,
ainsi que l'avait cru d'abord M. Bouillaud (*Dict. de méd. et*

chirurg. pratiq., art. *Digitale*). Ne pouvant l'aborder directement, nous avons pris des voies détournées ; on sait que le curare, à petite dose, n'arrête les mouvements du cœur qu'après avoir aboli les mouvements réflexes et volontaires ; nous avons opposé les effets de la digitaline à ceux du curare

Voici les faits :

1° Deux grenouilles de même taille. A chacune nous injectons 1/2 milligr. curare et à l'une 1/4 milligr. digitaline ; les mouvements volontaires et réflexes disparaissent chez les deux grenouilles au bout de peu de temps ; les mouvements du cœur n'ont présenté ni irrégularité, ni intermittence chez aucune et sont allés en s'affaiblissant progressivement ; mais le cœur de la grenouille qui avait reçu 1/4 milligr. digitaline ne s'est arrêté que longtemps après celui de l'autre.

2° Deux grenouilles reçoivent chacune 1 milligramme curare et dès que la résolution musculaire est un peu avancée, nous injectons 1/4 milligramme digitaline à l'une des deux. Les mouvements cardiaques ont persisté jusqu'au lendemain sans se troubler chez les deux grenouilles, mais ils se sont montrés plus énergiques au début et revenaient plus facilement à la fin par les excitants mécaniques chez la grenouille qui avait été soumise à la digitaline et au curare en même temps.

3° Une grenouille reçoit simultanément 1/2 milligramme curare et 1/2 milligramme digitaline ; les mouvements volontaires disparaissent d'abord, puis les mouvements du cœur vont en s'affaiblissant insensiblement sans présenter ni irrégularité, ni intermittences. Au bout d'une heure et quart, nous donnons encore 1/2 milligramme digitaline et les battements cardiaques reprennent de l'énergie.

Si la digitaline combat partiellement les effets de l'empoisonnement curarique, c'est qu'elle tonifie le cœur. Cette action tonique de la digitale sur le cœur est encore révélée par les heureux effets qu'elle produit dans les différents cas d'asystolie de cet organe dont elle régularise et renforce les battements. Ainsi le cœur est tonifié par la digitale à petite dose ; à haute dose, il est tonifié d'abord et paralysé ensuite.

Poursuivons notre analyse ; voyons quelle est l'action intime de la digitale ou de la digitaline sur chaque élément du cœur en particulier, et si les faits observés sont d'accord avec les théories et les opinions émises par les auteurs les plus accrédités.

Quatre hypothèses peuvent se présenter : ou la digitale et la digitaline agissent uniquement sur le muscle cardiaque, comme le croient Bouillaud, Stannius, Vulpian et Onimus; ou elles agissent seulement sur les nerfs vagues en les excitant, comme le professent Traube, Coblentz et l'École allemande; ou bien elles stimulent exclusivement le nerf grand sympathique, ainsi que le pensent Legroux, Hirtz et M. Gubler; ou bien, enfin, elles influencent plusieurs de ces éléments à la fois.

La première hypothèse, d'après laquelle la digitaline agirait sur le muscle cardiaque seul, nous paraît peu admissible. Nous avons bien vu que le cœur est paralysé à haute dose et ralenti à petite; mais d'un autre côté, nous avons démontré qu'il est toujours tonifié à faible dose et qu'il l'est également au début de l'intoxication; il faudrait donc admettre que la digitaline excite le muscle d'abord et qu'elle le paralyse ensuite; mais si elle l'excitait, elle devrait accélérer les mouvements à faible dose comme à forte dose, tandis qu'elle les ralentit, et nous verrons plus tard que ce ralentissement est tout à fait indépendant de son action sur le cœur. En outre, la fibre musculaire de celui-ci, quoique soustraite à l'empire de la volonté, est identique à la fibre striée des muscles volontaires et si l'une était excitée, l'autre devrait l'être également ; or, nous ne voyons point les mucles volontaires se tétaniser, se convulser, à l'instar du muscle cardiaque. Il faut donc admettre que les phénomènes autres que la paralysie n'ont lieu que par l'intermédiaire de quelque autre élément.

La seconde hypothèse créée par Traube et défendue récemment par Coblentz, élève de M. Hirtz, repose sur l'excitation des nerfs vagues par la digitale, excitation qui produirait le ralentissement du cœur et l'abaissement de la tension artérielle; elle est fondée sur les deux expériences suivantes ·

1° Les battements du cœur étant ralentis par l'injection, dans les veines, d'une forte infusion de digitale, coupez les nerfs vagues et immédiatement il y aura accélération des battements cardiaques ;

2° Coupez les nerfs vagues à un chien ; injectez ensuite une infusion de digitale dans les veines et vous n'observerez aucun ralentissement.

La première expérience de Traube ne prouve absolument rien, car l'accélération des mouvements du cœur consécutive à la section des nerfs vagues est un fait général et constant, qui doit se produire inévitablement, dans n'importe quelle circonstance, du moment que vous rompez l'équilibre physiologique, de même qu'un corps, maintenu en équilibre statique par deux forces contraires, obéira exclusivement à l'une si l'on supprime l'autre.

La seconde expérience de Traube paraît plus probante ; mais il a parlé d'abord d'une forte dose de digitale et nous avons déjà démontré qu'une forte dose accélère les mouvements du cœur et que cette accélération est d'autant plus évidente et plus sûre que les animaux sont soumis à des opérations sanglantes. Ces objections suffisaient déjà pour annuler sa deuxième et même sa première expérience ; mais nous avons expérimenté aussi dans le but de les contrôler : 1° nous coupons les deux pneumogastriques chez le lapin et pratiquons la respiration artificielle ; après quoi, nous lui injectons 1 centigramme digitaline ; un stylet implanté dans les parois du cœur traduit par ses oscillations les mouvements de celui-ci ; la précipitation, l'irrégularité et les intermittences se sont produites comme en dehors de la section des nerfs vagues ; 2° notre tracé, n° 13, pris sur la tension artérielle montre que la digitaline continue à la faire baisser même après la section des nerfs vagues ; 3° les doses toxiques de digitaline arrêtent toujours le cœur en systole, tandis que, si elle excitait les pneumogastriques, elle devrait l'arrêter en diastole, ainsi que l'avait déjà fait observer M. Vulpian (Bulletin de la Société philomatique de Paris) ; 4° enfin, nous avons vu que les doses toxiques détruisent complétement les nerfs et centres nerveux volontaires et cependant le cœur continue à se mouvoir et à s'arrêter parfois en systole.

La théorie de Traube est donc complétement fausse, car tout concourt à la renverser et nous verrons plus loin comment on explique facilement les changements de tension artérielle.

Reste donc l'hypothèse de l'action de la digitaline par l'intermédiaire des filets et ganglions du grand sympathique, hypothèse qui devient une réalité incontestable, si l'on réfléchit que ce nerf constitue à lui seul toute l'innervation motrice du cœur, que son excitation par les agents physiques, en rend les mouvemunts plus accélérés, plus énergiques et peut même le tétaniser comme le fait la digitaline chez la grenouille.

Notre expérience sur la section du grand sympathique et les conséquences qui s'ensuivent (chap. ii, § 4), ne fait que corroborer cette opinion à l'appui de laquelle nous pouvons invoquer aussi l'antagonisme du curare et de la digitaline (voir précédemment action tonique de la digitale sur le cœur) et l'expérience suivante encore plus concluante, puisqu'elle repose sur les effets opposés de la narcéine et de la digitaline. On sait que la narcéine diminue l'action du grand sympathique, qu'elle le paralyse même, car à haute dose elle arrête le cœur en diastole, calme les contractions intestinales et utérines et rétrécit l'ouverture pupillaire, tandis que la digitaline fait tout le contraire : nous injectons donc à une grenouille, 1 milligramme narcéine et un quart d'heure après, 1 milligr. digitaline. Au bout de vingt-cinq à trente minutes, il y a une légère inégalité des battements cardiaques ; une nouvelle injection de 1 milligramme narcéine fait disparaître cette inégalité. L'antagonisme n'est pas douteux et si 1 milligramme digitaline n'a pas arrêté le cœur en systole ou produit des inégalités, des intermittences bien accentuées, c'est bien parce que son action a été neutralisée par celle de la narcéine

Il n'est pas inutile de faire remarquer, à ce sujet, l'opposition complète qui paraît exister entre ces deux principe la digitaline et la narcéine ou les opiacés en général. La première est l'hyposthénisant des nerfs volontaires et le convulsivant des nerfs involontaires : la seconde, au contraire, est le convulsivant des nerfs volontaires et l'hyposthénisant des nerfs involontaires. Est-ce à dire pour cela que la digitaline puisse trouver un antidote physiologique dans la narcéine et les opiacés ? Ce serait se faire illusion et se préparer des déceptions regrettables. Les effets toxiques de la digitaline ne peuvent et ne pourront être prévenus ou annihilés que par l'élimination ou la destruction sur place de ce principe, car l'épuisement des centres nerveux volontaires, du muscle cardiaque et des autres muscles sera toujours la conséquence de la saturation de l'économie par la digitale ou la digitaline son principe actif.

On voit donc que l'action de la digitaline sur le cœur n'est pas aussi simple que le laisserait supposer chacune des opinions précédemment citées, et qu'en définitive, elle porte successivement sur tous les éléments constitutifs du cœur : à toutes les doses, elle excite le grand sympathique, et à haute dose elle paralyse le muscle cardiaque et les nerfs modérateurs, ce qui réalise notre quatrième hypothèse.

Cette action multiple nous rend bien compte de la contradiction apparente qui consiste dans l'arrêt du cœur, tantôt en diastole et tantôt en systole ; en effet, donnée à haute dose, la digitaline surexcite fortement le grand sympathique et les ganglions cardiaques, et le muscle cardiaque encore dans toute sa force et son énergie entre en contraction tétanique : la digitaline est-elle donnée, au contraire, à petites doses successives, elle ne stimule que légèrement les nerfs cardiaques, et le cœur continuant à fonctionner régulièrement, s'empoisonnera petit à petit et finira par s'arrêter en diastole. Ces deux extrêmes, systole et diastole, se combineront entre eux d'une foule de manières, suivant les doses et le mode d'administration de la digitaline et il en résultera tous ces intermédiaires qui consistent dans les irrégularités, les intermittences, les arrêts momentanés, les contractions partielles, etc.

Circulation capillaire.

La circulation capillaire n'est pas moins digne d'attention que la circulation cardiaque, et si celle-ci représente le moteur ou le soufflet dont le jeu régulier distribue à l'économie entière le comburant et le combustible, celle-là constitue le foyer où s'accomplissent la combustion, source de chaleur, les métamorphoses chimiques et les phénomènes d'exosmose et d'endosmose qui président à la rénovation perpétuelle des éléments histologiques. On comprend donc que les modifications imprimées par la digitale et la digitaline aux capillaires et petits vaisseaux en général soient d'une extrême importance à connaître, en raison des changements en plus ou en moins qu'elles peuvent apporter dans l'accomplissement des fonctions de nutrition, de température, etc. Nous avons étudié l'action de la digitaline sur la circulation capillaire de la membrane interdigitale de la grenouille, et nos observations faites en décembre 1869 se groupent en trois séries :

1re *série.* Nous prenons successivement trois grenouilles ; leur membrane natatoire étalée sous le microscope présente une circulation régulière et libre. A chacune, nous injectons 1/4 milligr. digitaline sous la peau du ventre, et bientôt après nous voyons les parois des artérioles et capillaires artériels devenir le siége de mouvements alternatifs très-distincts de systole et de diastole ; les parois se rapprochent par une succession de petits mouvements saccadés, comme convulsifs et restent quelques instants dans un état très-apparent de contraction, au point de réduire du tiers ou de moitié la lumière des capillaires artériels. A cet état de resserrement succède un relâchement des parois, qui ramène le vaisseau à son calibre primitif ; mais ce retour à la diastole n'est qu'instantané ; les premiers phénomènes de contraction reparaissent aussitôt, durent deux ou trois minutes, sont remplacés de nouveau par un relâchement très-court, de sorte que l'état de contraction des capillaires artériels est presque permanent.

Les capillaires simples et veineux n'ont présenté rien de semblable et leur perméabilité est restée la même.

2e série. Nous examinons la circulation normale de deux grenouilles pendant une dizaine de minutes, et nous constatons que, de temps à autre, les parois des artérioles exécutent de petits mouvements oscillatoires ; tantôt elles se rapprochent et tantôt elles s'éloignent ; mais ce qu'il y a de remarquable, c'est que ces mouvements sont rares et que l'état de resserrement est instantané, tandis que l'état de dilatation est pour ainsi dire permanent et seulement entrecoupé par le premier à longs intervalles. Ceci bien constaté, nous injectons 1/4 milligramme digitaline sous la peau du ventre à chaque grenouille et, au bout de deux minutes, les mouvements de systole artérielle, rares à l'état normal, deviennent maintenant plus fréquents, plus prononcés, plus prolongés à mesure que l'on s'éloigne du moment de l'injection ; de sorte que l'état de contraction devient presque permanent et n'est interrompu que rarement par des relâchements instantanés.

Au bout d'une heure et quart, les choses étant toujours les mêmes, nous injectons encore 1/4 m. digitaline, et bientôt nous voyons les mouvements de systole s'exagérer, ceux de diastole devenir moins fréquents et finalement le vaisseau se resserrer tellement que ses parois ont fini par rester comme accolées l'une à l'autre. Le cœur s'est également arrêté en systole, mais les capillaires simples et veineux n'ont pas diminué de volume et sont restés au moins aussi larges qu'à l'état normal.

Chez une de ces grenouilles nous avons prolongé notre observation, et au bout d'une heure et demie les parois des artérioles se sont relâchées insensiblement par une série de petites oscillations et sont restées à l'état de repos, le vaisseau largement ouvert et la circulation non rétablie.

On voit par ces deux séries d'observations que la digitaline administrée à petites doses, et surtout à petites doses fractionnées et successives, exerce une constriction manifeste sur les petits vaisseaux artériels, qu'elle diminue leur diamètre et par conséquent le volume de la colonne sanguine qui les traverse.

On pourrait nous objecter que ce retrait des parois des petits vaisseaux artériels est le résultat de l'affaiblissement du cœur, qui, ne lançant plus le sang avec autant d'énergie, permettrait aux vaisseaux de revenir sur eux-mêmes ; mais nous avons vu que le cœur lui-même finissait par s'arrêter en contraction, ce qui exclut sa paralysie ; en outre, les globules sanguins, quoique passant en moins grand nombre à la fois à cause de l'étroitesse du vaisseau, sont animés d'une vitesse plus grande, ce qui prouve bien que le cœur n'a pas perdu de son énergie. Néanmoins nous avons fait une contre épreuve ; nous avons injecté 5 centigr. sulfo-cyanure de potassium à une grenouille dont le cœur empoisonné insensiblement s'est arrêté en diastole, sans que les vaisseaux aient montré la moindre tendance à se contracter et à diminuer de largeur; tout au contraire, leurs parois se sont relâchées et ont élargi leur calibre interne.

3ᵉ série. Cette série se compose de trois observations faites sur des grenouilles faibles et à circulation capillaire peu apparente.

Après avoir fixé quelques artérioles, nous injections 1/2 milligr. digitaline en une seule fois, et à cette dose double, les vaisseaux artériels, au lieu de se resserrer, se sont élargis, et toute la circulation capillaire s'est trouvée considérablement exagérée; chaque colonne sanguine qui parcourait les artérioles était doublée ou triplée de volume et traduisait par ses ondées les pulsations cardiaques. Le cœur ne tardait pas à s'arrêter en systole.

La circulation capillaire affecte donc deux manières d'être différentes suivant les doses; elle est modérée, restreinte et très-amoindrie à faible dose, plus active, plus rapide à haute dose.

Cette exubérance de la circulation capillaire à haute dose

est très-facile à apprécier sur l'oreille du lapin, que nous avons vue rougir et s'échauffer de plusieurs degrés sous l'influence de 1 centigr. digitaline.

Galan (1862) avait signalé l'action constrictive de la digitale sur les petits vaisseaux, mais sans établir de distinction entre les petits vaisseaux artériels et les capillaires simples et veineux : il n'avait pas remarqué non plus l'exagération de la circulation capillaire à haute dose.

M. Legros, qui l'avait observée chez le lapin, l'attribuait à l'action excitatrice de la digitaline sur les parois artérielles ; mais cette explication ne peut être admise à haute dose. Ce qu'il y a de certain, c'est que la digitaline donnée à faible dose excite les parois artérielles, et surtout celles des petites artères à se contracter et à revenir sur elles-mêmes, de manière à ralentir le cours du sang, tandis qu'à haute dose, elle les distend et rend plus perméables leurs canaux au courant sanguin. La constriction à petite dose s'explique très bien par la stimulation du grand sympathique et des vaso moteurs ; la dilatation à haute dose, au contraire, réside dans un relâchement de ces mêmes vaso-moteurs, une sorte de paralysie réflexe dont on trouvera l'explication au n° 14 de nos expériences sur la tension artérielle.

Circulation des gros vaisseaux.

C'est sur le pouls que s'est portée tout d'abord l'attention de ceux qui ont introduit la digitale dans la thérapeutique, et bien que rien ne paraisse si simple que de poser le doigt sur l'artère et de saisir jusqu'aux moindres modifications de rhythme, de nombre et de force de ses pulsations, les opinions les plus diverses et les plus opposées ne se sont pas moins fait jour au sujet de ses qualités les plus essentielles et les plus inséparables, la fréquence et la tension du pouls.

Les expériences de Haller sur la saignée lui démontrèrent que le cœur s'accélère à mesure que le vide se fait dans les vaisseaux sanguins, et celles de Marey sur les résistances opposées au cours du sang dans les artères lui ont appris que le cœur se ralentit à mesure que la pression augmente. Il résulte donc de ces belles expériences que la fréquence et la tension du pouls sont comme les deux facteurs variables d'un produit constant et que l'une est inversement proportionnelle à l'autre.

Cette loi d'équilibre se retrouve-t-elle dans l'action exercée par la digitale sur la circulation? C'est ce qu'il s'agit de rechercher. Nous sommes fixés aujourd'hui sur les variations que la digitale et la digitaline font subir à la fréquence des pulsations artérielles. Presque tous les auteurs qui les ont administrées à doses thérapeutiques : Withering en 1775, Cullen en 1785, Schiemann un an après, Joret et Andral en 1824, Germain de Château-Thierry et Stannius, Traube, Bouillaud, Bouchardat, Sandras, Durozier, Homolle, Hirtz, etc., ont constaté le ralentissement du pouls; M. le professeur Gubler dit qu'il passe du double au simple par le fait de l'atténuation progressive d'un battement sur deux et qu'en même temps il est redoublé comme le pouls dédoublé de la fièvre typhoïde; enfin, M. Lorain (ouvrage sur le pouls, 1870), a constaté les types bigéminé, trigéminé et bi-quadrigéminé, qu'on pourrait considérer, selon nous, comme autant d'étapes intermédiaires que le pouls serait obligé de franchir pour arriver à son minimum de fréquence, et quand on ne compte plus que 32 pulsations artérielles à la minute, M. Lorain a remarqué que le cœur, dans le même laps de temps, fait encore entendre 64 battements dont un sur deux est si faible qu'il ne se traduit pas par le soulèvement des parois artérielles. Ces résultats sont d'accord avec la manière dont nous avons vu s'opérer le ralentissement des battements cardiaques. Malgré les observations de Jœrg, Utchinson et celles de Sanders au nombre de 2,000 qui parlent en faveur de l'accélération primitive, MM. Homolle, Hirtz et Lorain ont reconnu que ces cas exceptionnels sont dus à des circonstances étrangères à la nature du médicament, telles que les impressions, la douleur, le mouvement et qu'en dehors de ces déviations accidentelles de la marche accoutumée, l'administration de la digitale et de la digitaline produit constamment le ralentissement, la rareté du pouls à doses fractionnées.

Ceux qui ont administré ces substances à doses toxiques, au contraire, tels que Stannius, Bouley et Raynal, Chauveau et Marey, Eulenbourg, Erenhaus, Gubler, Legroux et nous-même, s'accordent à reconnaître que le pouls devient plus fréquent et plus ample au début de l'empoisonnement, tandis que, plus tard, il devient rare, petit, misérable, irrégulier et intermittent, à mesure que l'intoxication se prononce davantage.

Ainsi, le pouls se ralentit et se régularise à doses thérapeutiques sagement administrées, tandis qu'il s'accélère d'abord et se ralentit ensuite à doses toxiques.

Voyons quel est actuellement l'état de la science sous le rapport de la tension artérielle ou pression sanguine.

Tout d'abord, Kinglake fait remarquer que, sous l'influence de la digitale, le pouls, en perdant de sa fréquence, a conservé sa force et son énergie. Beddoès aurait fait la même constatation avec un sphygmographe de son invention. Bidault de Villiers dit également que le pouls conserve de la force, de la plénitude et de la régularité. Schwilgué, en 1805, indiquait que l'artère restait résistante. MM. Legroux et Lelion professent la même opinion, et donnent à l'appui de leur manière de voir un tracé sphygmographique obtenu par M. Siredey, tracé qui semble indiquer, par le peu de hauteur de la ligne d'ascension de l'aiguille, que la tension plus grande du sang dans l'artère empêche les battements cardiaques d'en distendre les parois, et par suite d'élever l'aiguille sphygmographique. M. Bordier a recueilli également une série de tracés indiquant une augmentation de tension artérielle à doses fractionnées. Enfin, Chauveau et Marey, Claude Bernard, disent que la tension est élevée au début de l'intoxication.

A côté de ces auteurs, en voici d'autres qui professent une opinion diamétralement opposée. Ce sont : 1° Traube, Coblentz et l'école allemande, qui veulent que la digitale abaisse constamment la tension sanguine dans le système artériel, en même temps qu'elle diminue la fréquence du pouls, par l'excitation des nerfs modérateurs du cœur, ou nerfs pneumogastriques ; 2° M. Onimus, qui partage leur opinion, l'explique par l'affaiblissement progressif du muscle cardiaque sous l'influence de la digitaline.

Viennent ensuite les Italiens, qui employaient la digitale comme hyposthénisant. Thomasini, en 1806, Fanzango, en 1810, et Rasori, après dix ans d'études, en 1811, démontrèrent l'action contro-stimulante de la digitale, si bien que Giacomini, après avoir énuméré les travaux de la plupart d'entre eux, ajoute : Ce qui n'a échappé à personne, c'est le ralentissement, la diminution, l'affaiblissement combiné à l'irrégularité du pouls.

Enfin M. Constantin Paul, donnant la digitale à doses contro-stimulantes, a obtenu cinq tracés sphygmographiques traduisant l'abaissement de la tension artérielle par la verticalité de la ligne d'ascension et la chute brusque de la ligne de descente du levier, par l'acuité et la hauteur du sommet correspondant à chaque pulsation. Deux autres tracés qu'il a pris à petites doses indiquaient plutôt une augmentation de tension.

Il croit donc pouvoir conclure de là que la digitale, donnée à hautes doses, abaisse la tension, et qu'elle l'élève à faibles doses, ajoutant qu'il ne serait pas étonné que l'accélération du pouls coïncidât avec le premier cas, et son ralentissement avec le second, mais qu'il ne se croit pas en droit de pouvoir l'affirmer. (Bulletin de la Société thérap., 7 février 1868.)

En présence d'assertions aussi formelles de part et d'autre, et cependant fort contradictoires, nous avons jugé à propos de recourir à l'expérimentation ; c'était, pour nous, le seul moyen de lever le doute qui planait encore sur cette question si importante de la tension sanguine, et le seul aussi, croyons-nous, de nous former une conviction bien arrêtée. Pour cela, nous avons employé l'hémodynamomètre enregistreur, instrument d'une grande précision et qui fait connaître en même temps les tensions maximum, minimum et moyenne du sang, ainsi que le nombre, le rhythme et la hauteur des pulsations artérielles et des mouvements respiratoires.

Dans toutes nos expériences, nous avons procédé par voie de comparaison, en prenant d'abord un tracé normal avant d'administrer la digitaline; les tracés, pris sous l'influence du médicament et sur la même branche artérielle pour chaque expérience, indiquent les changements qu'il a fait subir au pouls, à la tension artérielle et à la respiration.

Nous allons exposer successivement les résultats fournis par des doses fractionnées ou thérapeutiques, par des doses moyennes ou contro-stimulantes, et par des doses très-fortes ou toxiques.

Expérience 1. — Nous attachons un lapin; nous mettons la carotide en communication avec l'hémodynamomètre enregistreur à 10 h. 10 m. du matin. Sur le tracé normal A, on trouve que :

La tension artérielle oscille entre 84 et 78; la moyenne égale 81^m; le nombre des pulsations régulières et de 1 millim. hauteur est de 198 à la minute.

A 10 h. 15 m., nous injectons 5 milligrammes de digitaline dans le tissu cellulaire sous-cutané, et à 10 h. 40 m., nous prenons un tracé B, où :

La tension artérielle oscille entre 90 et 80 ; moyenne : 85^m; le nombre des pulsations régulières et de 1 millim. haut. est de 210 à la minute.

A 11 h. 15 m., un troisième tracé, C, donne exactement les mêmes valeurs que le précédent.

A midi nous prenons un quatrième tracé, D, sur lequel le pouls est alternativement ralenti et accéléré, et qu'on peut décomposer en deux temps.

Au premier temps de ralentissement on trouve que :

La tension artérielle oscille entre 90 et 80 ; moyenne 85^m; le nombre des pulsations régulières et de 4 millim. hauteur, est de 96 à la minute.

Au deuxième temps, d'accélération, on trouve que :

La tension artérielle oscille entre 88 et 80 ; moyenne : 84^m ; le nombre des pulsations régulières et de 1 et 1/2 millim. est de 203 à la minute.

Ainsi la tension artérielle, augmentée dès le début, s'est maintenue pendant tout le temps qu'a duré l'expérience ; et le ralentissement ne s'est manifesté qu'au bout de deux heures environ ; il est donc très-probable que ces deux effets, accroissement de tension et ralentissement du pouls, ont dû se soutenir encore longtemps, comme nous le verrons par d'autres expériences.

Expérience 2.—Le 7 janvier 1870, à 4 h. moins 8 m., nous prenons sur l'artère crurale d'un chien un tracé normal A, où :

La tension artérielle oscille entre 124 et 102, dont la moyenne égale 113 ; le nombre des pulsations régulières et 2 à 6 millim. haut. est de 138 par minute, et celui des mouvements respiratoires s'élève à 18 par minute.

A 4 heures, nous injectons 5 milligr. de digitaline dans le tissu cellulaire sous-cutané ; et le 8 janvier, à midi 45 min., nous prenons le tracé B, où :

La tension artérielle oscille entre 124 et 118 ; moyenne : 121^m ; le nombre des pulsations régulières et de 2 millim. haut. est de 156 par minute, et celui des mouvements respiratoires égale 14 par minute.

Ce tracé, pris dix huit heures après l'administration de 5 milligr. de digitaline, accuse une augmentation de tension énorme par le rapprochement du minimum vers le maximum. Les mouvements respiratoires sont moins fréquents ; mais le nombre des pulsations est un peu augmenté, ce que nous croyons pouvoir attribuer aux lésions faites à l'animal, et peut-être à un commencement d'état fébrile ; car nous allons voir maintenant la tension tomber sur le même chien au-dessous de la normale, malgré l'administration de nouvelles doses de digitaline.

Dans l'espace de trois jours, les 8, 9 et 10, nous donnons

Gourvat.   4

7 milligr. et demi de digitaline, 2 milligr. et demi par jour ;
le dernier jour, nous prenons le tracé C, où :

La tension artérielle oscille entre 120 et 100 ; moyenne :
110^m ; le nombre des pulsations régulières, de 2 à 5 millim.
haut. est de 210 par minute, et celui des mouvements respiratoires égale 14 par minute.

La multiplicité des lésions faites à l'animal, la réouverture
fréquente de la même plaie pour reprendre la tension sur la
même artère suscitent inévitablement une réaction fébrile,
un état de langueur et de malaise, bien suffisants pour expliquer l'abaissement de la tension et la fréquence du pouls.

Expérience 3. — Si la digitaline élève la tension artérielle à
l'état normal, à plus forte raison doit-elle l'élever à l'état
fébrile, qui consiste dans un relâchement de tout le système
des vaso-moteurs avec abaissement de la tension au-dessous
de la normale. Nous faisons donc une incision dans le creux
axillaire d'un chien, et nous y introduisons, gros comme une
petite noix, de poudre de cantharides sur laquelle nous refer-
mons la plaie. Il se développe un phlegmon avec réaction générale intense, et au bout de quatre à cinq jours, nous prenons, le 14 janvier, à 4 h. 5 min., un tracé normal, sur lequel :

La tension artérielle oscille entre 110 et 74, dont la moyenne
égale 92.

Le nombre des pulsations, de 1 mil, haut. est de 216 par
minute.

Et celui des mouvements respiratoires, de 18 par minute.

A 4 h. 10 min., nous injectons 5 milligr. digilatine dans le
tissu cellulaire sous-cutané, et à 4 h. 40 min., nous prenons le
tracé B, dont :

La tension artérielle varie entre 110 et 100 ; la moyenne
égale 105.

Le nombre des pulsations régulières et de 1 mil. haut, est
égal à 204 par minute.

Les grandes oscillations de la tension, qui traduisent les
mouvements respiratoires ont disparu par suite de l'accroisse-

ment considérable de la tension dont le minimum se confond presque avec la maximum. A l'augmentation de tension correspond une diminution du nombre des pulsations ; de sorte que l'action de la digitaline doit être plus prompte et plus intense dans les phlegmasies et les pyrexies qu'à l'état normal.

Si nous continuons l'expérience, nous verrons se produire un effet inverse à celui que nous venons d'obtenir, par suite des troubles dynamiques profonds ajoutés par les nouvelles lésions à ceux déterminées par le phegmon primitif.

Nous injectons encore 5 millig. en deux fois, moitié le soir et moitié le lendemain matin ; ce jour, 15 janvier, à 11 heures, nous prenons le tracé C, dont :

La tension artérielle varie entre 104 et 74 ; la moyenne égale 89.

Le nombre des pulsations régulières et de 1 mil. haut. est de 192 par minute.

Et celui des mouvements respiratoires égale 12 par minute.

Ainsi la tension est redescendue au-dessous de la normale, bien que le nombre des pulsations et des mouvements respiratoires soit resté en dessous. Pour nous convaincre que l'abaissement ultérieur de la tension dans les expériences 2 et 3, est bien dû à l'inflammation et à l'affaiblissement qui sont la conséquence du traumatisme subi par les animaux, nous avons fait une quatrième expérience conduite de manière à éviter autant que possible cette fâcheuse complication.

Expérience 4. — Le 19 janvier 1870, à 11 heures du matin, nous prenons le tracé normal, dont :

La tension artérielle oscille entre 160 et 80 ; la moyenne égale 120.

Le nombre des pulsations régulières et de 6 à 33 mil. haut. est de 114 par minute.

Et celui des mouvements respiratoires égale 13 par minute.

Du 19 au 23, nous injectons 5 milligr. digitaline par jour avec la précaution de donner chaque dose de 5 milligr. en deux ou trois fois à intervalles à peu près égaux, afin de rendre plus égale et plus uniforme l'action de la digitaline sur l'économie.

Le chien avait pris 2 centigr. digitaline en quatre jours, et. le 23, sa première plaie étant à peu près cicatrisée, nous prenons un tracé dont :

La tension artérielle oscille entre 150 et 124 ; la moyenne égale 137.

Le nombre des pulsations régulières et de 5 mil. haut. est de 162 par minute.

Nous devons faire remarquer qu'en cherchant l'artère crurale dans l'ancienne plaie, le bout central s'est rompu et a donné issue à une demi-bouteille de sang au moins, ce qui a certainement contribué à faire baisser la tension et à augmenter la fréquence du pouls ; néanmoins, on voit que les tensions moyenne et minimum, sont de beaucoup supérieures aux tensions normales correspondantes.

Il est bien certain que si l'on pouvait prendre la tension sans faire subir aucune lésion aux animaux, on obtiendrait des valeurs supérieures aux précédentes et surtout plus conformes au mode d'action du médicament.

Expérience 5. — Cette expérience établit une transition entre celles qui la précèdent et celles qui la suivent, les premiers tracés étant pris à petites doses et le dernier à dose moyenne. Le 30 décembre 1869, à 10 heures du matin, nous prenons le tracé normal A, dont :

La tension artérielle oscille entre 124 et 64 ; la moyenne égale 94 millim.

Le nombre des pulsations irrégulières et de 7 mil. haut est de 105 par minute.

Et celui des mouvements respiratoires égale 10 par minute.

Nous injectons immédiatement 5 milligr. digitaline dans le creux axillaire, et le soir, à 4 quatre heures et demie nous prenons le tracé B, dont :

La tension artérielle oscille entre 112 et 74 ; la moyenne égale 93.

Le nombre des pulsations régulières et de 5 mil. haut. est de 114 par minute.

Et celui des mouvements respiratoires égale 15 par minute.

A 4 h. 35 min., nous injectons 2 milligr. 1/2 digitaline, et le lendemain, à 9 heures, nous prenons le tracé B, où :

La tension artérielle oscille entre 128 et 76 ; la moyenne égale 102.

Le nombre des pulsations régulières et de 6 millim. haut. est de 108 par minute.

Et celui des mouvements respiratoires égale 12 par minute.

A l'abaissement primitif a succédé une élévation assez forte de la tension.

Le même jour nous injectons 1 centigr. digitaline en deux fois, et le lendemain, 1er janvier, nous prenons le tracé C, dont :

La tension artérielle oscille entre 100 et 62 ; la moyenne égale 81.

Le nombre des pulsations est de 80 par minute.

Et celui des mouvements respiratoires égale 13 par minute.

Cet abaissement considérable tient à deux causes, aux lésions causées à l'animal et à la dose un peu forte de digitaline donnée en dernier lieu.

Expérience 6. — Le 20 février 1870, à midi, nous prenons sur un chien le tracé normal A, dont :

La tension artérielle oscille entre 164 et 124 ; la moyenne égale 144.

Le nombre des pulsations régulières et de 4 millim. haut est de 186 par minute.

Et celui des mouvements respiratoires égale 18 par minute.

Nous injectons immédiatement 5 milligr. digitaline, et à 1 heure et demie, encore 5 milligr. Le soir, à 5 heures et demie, nous prenons le tracé B, dont :

La tension artérielle oscille entre 148 et 126 ; la moyenne égale 137.

Le nombre des pulsations régulières et de 4 millim. haut. est de 180 par minute.

Et celui des mouvements respiratoires égale 30 par minute.

Ainsi la tension moyenne est diminuée, le nombre des mouvents respiratoires accru, et cependant la fréquence du pouls est légèrement modérée.

Expérience 7. — Le 21 décembre 1869, à 10 h.-20 min. nous prenons, sur un chien, le tracé normal A, sur lequel :

La tension artérielle oscille entre 170 et 102 ; la moyenne égale 136.

Le nombre des pulsations irrégulières et de 1 à 6 millim. haut, est de 150 par minute.

Et celui des mouvements respiratoires égale 20 par minute.

Nous injectons de suite 1 centigr. digitaline dans le tissu cellulaire sous-cutané, et à 10 heures, nous prenons le tracé B, dont :

La tension artérielle oscille entre 146 et 110 ; la moyenne égale 128.

Le nombre des pulsations irrégulières et de 1 à 3 millim. haut. est de 198 par minute.

Et celui des mouvements respiratoires égale 24 par minute.

Au bout de 20 minutes, l'action est manifeste ; la tension est diminuée, et le nombre des pulsations et des mouvements respiratoires est augmenté. A 4 heures du soir, nous prenons encore le tracé C, dont :

La tension artérielle oscille entre 150 et 110 ; la moyenne égale 130.

Le nombre des pulsations régulières et de 2 à 6 millim. haut. est de 144 par minute.

Et celui des mouvements respiratoires égale 9 par minute.

A mesure qu'on s'éloigne du début de l'action, la tension s'élève un peu et le pouls et la respiration se calment.

Expérience 8. Le 26 novembre 1869, à 1 h. 33 min., sur un

chien de moyenne taille, nous prenons le tracé normal A, dont :

La tension artérielle oscille entre 232 et 114; la moyenne égale 173.

Le nombre des pulsations régulières et de 5 à 35 millim. haut. est de 69 par minute.

Et celui des mouvements respiratoires égale 9 par minute.

A une h. 36 min., nous injectons 1 centigr. digitaline dans le tissu cellulaire sous-cutané, et, à une h. 46 min., nous prenons le tracé B, dont :

La tension artérielle oscille entre 196 et 134; la moyenne égale 165.

Le nombre des pulsations régulières et de 15 à 25 millim. haut est de 54 par minute.

A 2 h. 10 min., nous prenons le tracé CC, dont :

La tension artérielle oscille entre 180 et 172, la moyenne égale 176.

Le nombre des pulsations dicrotes et de 1 à 2 millim. haut est de 66 par minute.

A 2 h. 45 min., nous prenons le tracé M M', dont :

La tension artérielle oscille entre 151 et 135; la moyenne égale 144.

Le nombre des pulsations régulières et de 5 à 12 millim. haut. est de 84 par minute.

Après une légère oscillation de la tension en moins d'abord et en plus ensuite, elle finit par descendre beaucoup au-dessous de la normale et les pulsations deviennent un peu plus fréquentes. Mais ce qu'il y a de remarquable dans nos tracés, c'est que le maximum et le minimum tendent à se rapprocher de plus en plus et que les grandes oscillations dues aux mouvements d'inspiration et d'expiration disparaissent insensiblement; il en résulte évidemment que la circulation devient plus calme et plus régulière.

Expérience 9. Le 8 décembre 1869, à 2 h. 7 min., nous prenons sur un chien le tracé normal A, dont :

La tension artérielle oscille entre 148 et 86 ; la moyenne égale 117.

Le nombre des pulsations régulières et de 3 à 30 millim. haut est de 126 par minute.

Et celui des mouvements respiratoires égale 24.

Nous injectons immédiatement 1 centigr. digitaline dans le tissu cellulaire sous-cutané, et à 2 h. 17 min., nous prenons le tracé B, dont :

La tension artérielle oscille entre 156 et 106 ; la moyenne égale 131.

Le nombre des pulsations régulières et de 2 à 16 millim. haut est de 108 par minute.

Et celui des mouvements respiratoires égale 4 par minute.

A 2 h. 30 min., nous prenons le tracé C, dont :

La tension artérielle oscille entre 130 et 92 ; la moyenne égale 111.

Le nombre des pulsations régulières et de 2 à 9 mil. haut. est de 114 par minute.

A 2 h. 55 min., le tracé D, dont :

La tension artérielle oscille entre 128 et 114 ; la moyenne égale 121.

Le nombre des pulsations régulières et de 1 à 4 mil. haut. est de 156 par minute.

A 4 heures, nous prenons le tracé E, dont :

La tension artérielle oscille entre 120 et 100 ; la moyenne égale 110.

Le nombre des pulsations régulières et de 4 à 6 m. haut. est de 144 par minute.

Nous avons ici des alternatives d'élévation et d'abaissement de la tension, qui ne dénotent pas de dépression sensible ; mais ce qui est incontestable, c'est la régularité des tracés succédant à leur irrégularité, c'est l'indépendance de la circulation vis-à-vis des mouvements respiratoires à l'influence desquels elle paraît échapper complétement, ainsi que nous l'avons fait remarquer précédemment.

Le lendemain, 9 décembre, à 1 h.-10 min., nous prenons sur le même chien et la même artère, le tracé G, dont :

La tension artérielle oscille entre 142 et 98 ; la moyenne égale 120.

Le nombre des pulsations régulières et de 3 à 8 mil. haut. est de 138 par minute.

Et celui des mouvements respiratoires égale 16 par minute.

Nous injectons de suite 5 centigr. digitaline en une seule fois dans le tissu cellulaire sous cutané, et à 1 h. 8 min., nous prenons le tracé H, dont :

La tension artérielle oscille entre 132 et 104 ; la moyenne égale 118.

Le nombre des pulsations irrégulières et de 1 à 5 mil. haut. est de 198 par minute.

A 1 h. 37 min., nous prenons le tracé M, dont :

La tension artérielle oscille entre 120 et 98 ; la moyenne égale 109.

Le nombre des pulsations irrégulières et de 1 à 3 mil. haut: est de 222 par minute.

Bien que nous n'ayons pu continuer l'expérience, faute de temps, on voit que la tension allait rapidement en décroissant et qu'en même temps les pulsations devenaient plus fréquentes. Dans l'espace d'une demi-heure, les oscillations dues à la respiration avaient disparu.

Expérience 10. Le 17 novembre 1869, à 1 h. 5 min., nous prenons, sur un chien de moyenne taille, le tracé normal A', dont :

La tension artérielle oscille entre 160 et 96 ; la moyenne égale 128.

Le nombre des pulsations régulières et de 2 à 15 mil. haut. est de 95 par minute.

Et celui des mouvements respiratoires égale 7 par minute.

A 1 h. 7 min., injection de 3 centigr. digitaline dans le tissu cellulaire sous-cutané ; à 1 h. 15 min., nous prenons le tracé B', dont :

La tension artérielle oscille entre 134 et 102 ; moyenne : 118.

Le nombre des pulsations irrégulières et de 1 à 8 mil. haut. est de 96 par minute.

Et celui des mouvements respiratoires égale 13 par minute.

A 1 h. 30, nous prenons le tracé C', dont :

La tension artérielle oscille entre 124 et 90 ; moyenne : 107.

Le nombre des pulsations irrég. de 2 à 8 mil. haut, est de 99 par minute.

Celui des mouvements respiratoires égale 18 par minute.

A 1 h. 45 minutes, nous prenons enfin le tracé D', dont :

La tension artérielle oscille entre 104 et 90 ; moyenne : 97.

Le nombre des pulsations irrégulières, et de 1 à 5 m. haut., est de 120 par minute.

Et celui des mouvements respiratoires égale 24 par minute.

Les tracés successifs de cette expérience montrent la décroissance rapide et progressive de la tension artérielle et inversement l'augmentation du chiffre des pulsations et des mouvements respiratoires.

Expérience 11. — Le 15 janvier 1870, à 11 heures, sur le chien ayant servi à l'exp. 3, nous prenons le tracé C', dont : la tension artérielle oscille entre 104 et 74 ; moyenne : 89.

Le nombre des pulsations régulières, et de 1 m. haut., est de 192 par minute,

Et celui des mouvements respiratoires égale 12 par minute.

Nous injectons immédiatement 2 centigr. 1/2 digitaline dans la jugulaire, et nous prenons de suite le tracé CD, dont :

La tension artérielle oscille entre 140 et 100 ; moyenne : 120.

Le nombre des pulsations dicrotes, et de 2 à 8 m. h., est de 45 par minute.

Un quart d'heure après, nous prenons le tracé CD', dont :

La tension artérielle oscille entre 146 et 124 ; moyenne : 135.

Le nombre des pulsations, de 2 à 4 m. h., est de 56 par minute.

Au bout d'un autre quart d'heure, nous prenons le tracé EE', dont :

La tension artérielle oscille entre 80 et 70 ; la moyenne égale 75.

Le nombre des pulsations régulières, et de 1 m. h., est de 230 par minute.

Expérience 12. — Le 12 janvier 1870, nous prenons, sur la crurale d'un chien, le tracé normal A, dont :

La tension artérielle oscille entre 140 et 112 ; la moyenne égale 126.

Le nombre des pulsations régulières, et de 1 1/2 m. h., est de 160 par minute.

Et celui des mouvements respiratoires égale 12 par minute.

Nous injectons 4 centigrammes digitaline dans la jugulaire, et immédiatement nous prenons le tracé B, dont :

La tension artérielle oscille entre 178 et 142 ; la moyenne égale 160.

Le nombre des pulsations régulières, et de 1 à 5 m. h., est de 140 par minute,

Et celui des mouvements respiratoires égale 10 par minute.

Au bout de cinq minutes, nous prenons le tracé C, dont :

La tension artérielle oscille entre 166 et 108 ; la moyenne égale 137.

Le nombre des pulsations régulières, et de 2 à 5 m. h., est de 161 par minute.

Vingt minutes après l'injection, nous prenons le tracé D, dont :

La tension artérielle oscille entre 82 et 60 ; la moyenne égale 74.

Le nombre des pulsations régulières, et 1 m. h., est de 198 par minute.

Trente-cinq minutes après l'injection, nous prenons le tracé E, dont :

La tension artérielle oscille entre 92 et 68 ; la moyenne égale 80.

Le nombre des pulsations régulières, et de 1 à 2 m. h., est de 192 par minute.

L'injection directe de la digitaline dans le torrent circulatoire produit une élévation primitive et immédiate de la tension à laquelle succède bientôt un abaissement considérable au-dessous de la normale, comme le montrent ces deux dernières expériences.

Si l'on jette un coup d'œil rétrospectif sur les douze expériences qui précèdent, on voit, par l'expérience 1 et le commencement des expériences 2, 3 et 5, que la digitaline à doses faibles et uniques, 5 milligrammes pour les trois premières, et 7 milligrammes pour la cinquième, élève la tension artérielle et la tient au-dessus de la normale de dix à quinze heures environ ; qu'à la même dose de 5 milligrammes continuée pendant 4 jours consécutifs, elle l'a maintenue également au-dessus de la normale.

Donne-t-on une dose un peu plus forte, comme 1 centigramme à la fois, on voit, par les expériences 6, 7, 8 et 9, que la tension commence à baisser au-dessous de la normale, et, quand on arrive aux doses de 3 centigrammes (expérience 10), et 5 centigrammes (fin de l'expérience 9), la tension artérielle baisse alors rapidement et d'une manière constante.

Si, dans les expériences 11 et 12, on trouve que la tension s'élève d'abord et ne tombe que consécutivement au-dessous de la normale, on doit attribuer cet accroissement primitif à la surexcitation subite et immédiate produite sur le cœur par une dose aussi considérable de digitaline ; cet effet doit avoir lieu avec tous les corps irritants, et l'alcool qui sert de véhicule à la digitaline entre pour la plus grande part dans cette exagération de tension, ainsi que nous l'avons vérifié par une expérience particulière.

Nous pouvons donc conclure de ces expériences que la digitaline, administrée à dose faible ou thérapeutique, augmente la tension sanguine dans le système artériel, tandis que, à doses contro-stimulantes et toxiques, elle la diminue d'autant plus vite que les doses sont plus fortes.

C'est ici le lieu de revenir sur deux points essentiels, savoir : 1° la relation qui existe entre la tension et la fréquence du pouls, d'une part ; 2° les causes qui font alternativement augmenter et diminuer la tension artérielle, d'autre part.

Nous avons déjà établi que le pouls est ralenti à petites doses et qu'il est accéléré à haute dose ; or, nos expériences, d'accord en cela avec l'opinion de M. Constantin Paul, montrent que la tension est élevée dans le premier cas et abaissée dans le second. Nous pouvons donc conclure que la fréquence et la tension du pouls sont inversement modifiées par la digitale et la digitaline ; quand l'une augmente, l'autre diminue, et *vice versa*.

Quel est celui de ces deux facteurs qui commande à l'autre ? Est-ce la fréquence des battements cardiaques qui fait varier la tension ? Est-ce, au contraire, la dernière qui fait varier la première ? Si la tension dépendait de la fréquence des battements du cœur, il est évident qu'elle lui serait directement proportionnelle ; car plus les contractions du cœur se multiplieraient, plus elles entasseraient de sang dans le système artériel et plus la tension augmenterait ; tout au contraire, nous voyons que la tension est inversement proportionnelle à la fréquence des battements cardiaques ; ceux-ci ne peuvent donc expliquer celle-là. Mais la tension peut être considérée comme un frein opposé aux mouvements du cœur ; quand elle est augmentée, le cœur éprouve plus de résistance à faire passer le sang qu'il contient, dans le système artériel et chacune de ses contractions est plus lente à s'accomplir. En outre, l'exagération de la tension artérielle détermine une diminution de pression dans le système veineux, et le sang veineux ayant moins de tendance à envahir les oreillettes, celles-ci seront plus longtemps à se remplir et par conséquent à se vider dans les ventricules.

Ainsi le ralentissement du pouls et des battements cardiaques s'explique par l'augmentation de la tension artérielle et la diminution correspondante de la tension veineuse.

Quand, au contraire, la pression diminue dans les artères,

elle augmente dans les veines et le cœur, éprouvant moins de résistance d'un côté, se remplissant plus vite de l'autre, se contracte plus fréquemment.

Le cœur n'est donc ralenti ou accéléré que consécutivement à l'élévation ou à l'abaissement de la tension artérielle.

Si, dans nos expériences, on trouve quelques résultats contraires à cette loi, on doit les attribuer aux vivisections, à la douleur, au malaise qu'on produit chez les animamaux, car la plus simple impression et le moindre mouvement suffisent pour transformer le ralentissement en accélération chez l'homme.

Comment se fait-il maintenant que la tension soit tantôt augmentée, tantôt diminuée suivant les doses du médicament? L'élévation de tension est facile à comprendre d'après ce que nous avons dit de l'action de la digitaline à petites doses sur le cœur, sur les petits vaisseaux artériels et sur tout le système du grand sympathique. Nous avons constaté, en effet, que, d'un côté les capillaires artériels et les petites artères sont resserrés, contractés par l'intermédiaire des vaso-moteurs et opposent par conséquent une résistance à l'écoulement sanguin vers les veines ; d'un autre côté le cœur est tonifié par l'intermédiaire de ses ganglions et filets nerveux et agit avec plus d'énergie pour chasser le sang dans l'arbre artériel, si bien que ce fluide se trouve comme comprimé entre deux forces contraires, le cœur et les capillaires, qui s'opposent une action réciproque et produisent ainsi la tension, la force, la résistance du pouls.

L'abaissement de la tension à haute dose paraît plus difficile à expliquer et jusqu'à présent ceux qui admettaient cet abaissement à toutes les doses, Traube, Coblentz et Onimus, l'expliquaient, les deux premiers par l'excitation des nerfs modérateurs du cœur, le second par l'affaiblissement progressif de cet organe. nous avons déjà fait voir que les nerfs vagues, loin d'être excités et stimulés par la digitaline, étaient, au contraire, affaiblis comme tout le système nerveux moteur et qu'en outre le cœur s'arrêtait en systole par une forte dose de digitaline, tandis qu'il devrait s'arrêter en diastole si l'action de la digitaline se manifestait par l'intermédiaire des pneumogastriques. D'ailleurs l'excitation des nerfs modérateurs ralentit les battements cardiaques et nous voyons une forte dose de digitale ou de digitaline les accélérer. A ces preuves contraires à l'opinion de Traube, nous avons encore ajouté l'expérience suivante reposant sur l'action de la digitaline après la section des nerfs vagues ou pneumogastiques.

Expérience 13. — Le 29 novemb. 1869, à 2 heures 5 min. nous prenons le tracé normal A, dont la tension artérielle oscille entre 180 et 100 ; la moyenne 140 ; le nombre des pulsations régul. et de 2 à 20 m. h., est de 75 par minute, et celui des mouvements respiratoires égale 12 par minute.

A 2 h. 10 m., nous faisons la section des pneumogastriques, et à 2 h. 25 m., nous prenons le tracé B., dont la tension artérielle oscille entre 230 et 200 ; la moyenne : 215. Le nombre des pulsations régul. et de 2 m. h. est de 222 par minute, et celui des mouvements réspiratoires égale 6 par minute.

A la section des nerfs modérateurs succède. comme on le voit, une accélération considérable des pulsations cardiaques et une élévation énorme de la tension artérielle. Si la digitaline agissait par l'intermédiaire de ces nerfs, elle ne devrait donc modifier dans ce cas ni la tension, ni la fréquence du pouls.

A 2 h. 30 m., nous injectons 1 cent. digitaline dans le tissu cellulaire sous-cutané, et à 2 h. 45 m., nous prenons le tracé C, dont la tension artérielle oscille entre 142 et 124 ; moyenne : 133. Le nombre des pulsations régul. et de 1 m. h., est de 210 par minute, et celui des mouvements respiratoires égale 20 par minute.

A 3 h., nous prenons le tracé DD', dont la tension artérielle oscille entre 138 et 120 ; moyenne : 129 ; le nombre des pulsations régul. et de 1/2 m. h., est de 222 par minute, et celui des mouvements respiratoires égale 9 par minute.

La tension étant redescendue au-dessous de la normale,

il est évident que nous ne pouvons l'attribuer à l'excitation des pneumogastriques par la digitaline, puisqu'ils étaient sectionnés. Par conséquent la théorie de Traube est démentie par tous les faits et doit être oubliée.

Faut-il admettre, avec M. Onimus, que l'abaissement de la tension est dû à l'affaiblissement progressif du cœur? Cette raison ne nous paraît pas suffisante, car si elle peut expliquer la diminution de tension à dose toxique par la paralysie du muscle cardiaque, elle ne saurait l'expliquer pour des doses contro-stimulantes, comme 1 et 2 centig., qui ne paraissent pas incommoder les chiens d'une manière sensible et amènent, néanmoins, un abaissement notable de la tension artérielle. Il fallait donc chercher une cause plus générale, pouvant s'appliquer à tous les cas. Or, parmi les nerfs du cœur, il en est un qui exerce une influence considérable sur les modifications de la tension artérielle: c'est le nerf dépresseur ou nerf sensible du cœur, découvert par MM. Ludwig et Cyon, nerf qui tire son origine du pneumogastrique et du laryngé supérieur pour se rendre au cœur et qui, dans les circonstances de gêne de la circulation cardiaque, produirait par l'intermédiaire de la moelle épinière, la paralysie ou relâchement des vaso-moteurs et la tendance au vide dans les petits vaisseaux. Nous avons pensé que ce nerf n'était peut-être pas étranger à l'action dépressive d'une forte dose de digitaline sur la tension artérielle, et c'est dans le but de nous en assurer que nous avons fait l'expérience suivante.

Expérience 14. — Nous avons isolé les nerfs dépresseurs sur un lapin dont nous avons mis la carotide en communication avec l'hémodynamomètre enregistreur.

Leur électrisation successive fait baisser la tension; mais celle-ci revient à l'état normal dès que le courant est suspendu.

Leur identité étant établie, nous les sectionnons tous les deux, et aucun changement ne se produit dans la tension, qui reste après la section ce qu'elle était avant.

Cet essai préliminaire était nécessaire afin d'apprécier, à leur juste valeur, les effets qui vont se produire sous l'influence de la digitaline.

Sur un autre lapin, après avoir, comme précédemment, reconnu les dépresseurs par le courant électrique, nous prenons le tracé normal A, dont :

La tension artérielle oscille entre 156 et 98 ; moyenne : 127 ; le nombre des pulsations irrégulières et de 2 à 20 m. h., est de 128 par minute.

A 3 h. 8 min., nous injectons 1 centigr. digitaline et à 3 h. 13 min., nous prenons le tracé C, dont :

La tension artérielle oscille entre 122 et 114 ; moyenne : 108 ; le nombre des pulsations régulières et de 1 m. h., est de 228 par minute.

A 3 h. 30 min., nous prenons le tracé D, dont :

La tension artérielle oscille entre 60 et 34 ; moyenne : 47 ; le nombre des pulsations irrégulières et de 1 à 7 m. h., est de 108 par minute.

A 3 h. 34 min., nous coupons les deux nerfs dépresseurs du cœur, et immédiatemment la pression monte en E ; le tracé E porté en E' donne :

Une tension artérielle oscillant entre 96 et 84 ; moyenne : 90. Un nombre de pulsations irrégulières et de 1/2 m. h., égal à 222 par minute.

Le lapin ayant fait quelques efforts, la pression s'est encore élevée du point E', en G et :

La tension artérielle oscille entre 140 et 130 ; moyenne : 135 : le nombre des pulsations régulières et de 1 m. h., est de 210 par minute.

Ainsi 1 centig. digitaline fait baisser la tension artérielle de plus de moitié par l'intermédiaire des nerfs dépresseurs et la fait remonter au-dessus de la normale après la section de ces nerfs, et cela immédiatement, quand nous savons que cette section faite à l'état normal ne modifie nullement la tension. Nous sommes donc bien obligé de reconnaitre que c'est par l'intermédiaire de ces nerfs qu'a lieu l'abaissement de la tension artérielle, puisque celle-ci s'élève de nouveau quand ils sont sectionnés. On pourrait, à juste titre, les considérer comme des sentinelles vigilantes chargées de veiller et de concourir au maintien de l'équilibre qui doit exister entre les forces actives du cœur et les résistances qu'il doit vaincre ; car, si la tension artérielle augmentait proportionnellement aux doses de digitaline, il arriverait un moment ou la résistance serait telle que le cœur ne pourrait peut-être la vaincre qu'au prix de désordres graves, ou qu'il en résulterait la syncope, par suite du reflux de tout le sang vers le cœur ; les nerfs dépresseurs interviendraient donc fort à propos dans ces moments en relâchant les vaso-moteurs et donnant un libre accès au sang dans tout le système vasculaire périphérique.

Cette cause de dépression de la tension primerait toutes es autres, à notre sens ; car, dans l'expérience précédente, on ne peut invoquer la paralysie du cœur, puisque la tension st remontée à peu près à la normale après la section des epresseurs. Ce n'est donc qu'à dose toxique que la paralysie du cœur intervient pour abaisser la tension, et on pourrait peut-être admettre encore une troisième cause, c'est l'état voisin de la tétanisation dans lequel entre le cœur sous l'influence de doses très-fortes de digitaline, état qui ne lui permettrait pas de revenir complétement en diastole et, par onséquent, de recevoir et chasser autant de sang à chaque révolution cardiaque.

Quelle est l'influence de ces modifications de la tension et de la fréquence du pouls par la digitale et la digitaline sur la rapidité de la circulation ? Le sang parcourt-il le cercle circulatoire plus ou moins vite qu'à l'état normal ? Il y a encore, à ce sujet, une distinction à établir suivant que la tension est augmentée ou diminuée. La tension est-elle plus forte ? Les capillaires artériels et les petites artères sont resserrés, revenus sur eux-mêmes et opposent une résistance au libre écoulement du sang dont la colonne diminue d'épaisseur proportionnellement au diamètre des petits vaisseaux et perd de sa vitesse en raison directe du ralentissement des mouvements cardiaques ; les expériences de M. Poiseuille sur l'écoulement des liquides à travers des tubes de diamètres différents, lui ayant démontré que, à égalité de longueur, de pression et de température, les quantités d'un même liquide écoulées sont proportionnelles aux quatrièmes puissances des diamètres de ces tubes, nous pouvons conclure de là qu'en supposant le diamètre des capillaires diminué seulement de moitié, le sang s'écoulerait 16 fois moins vite et mettrait 16 fois plus de temps à parcourir le cercle circulatoire. L'abaissement de la température en diminuant la fluidité du sang , serait une nouvelle cause, mais bien faible , du retard qu'éprouverait le sang dans sa marche. La tonicité que la digitaline exerce sur le cœur et qui se traduit par une plus grande vitesse des globules sanguins à travers les capillaires est la seule force qui lutte contre les obstacles précédents et n'est que d'une bien faible compensation, en comparaison de la grande résistance opposée par le resserrement de la totalité des capillaires et petits vaisseaux artériels. La tension vient-elle, au contraire, à diminuer ? les vaso-moteurs sont relâchés, les capillaires artériels et les artérioles son dilatés, et le sang trouvant moins de résistance et de frotte-ment glisse plus facilement et plus vite le long des parois vasculaires ; de sorte qu'on voit se produire ici un effet inverse au précédent , c'est-à-dire que le sang parcourra le cercle circulatoire 16 fois plus vite si le diamètre des petits vaisseaux est doublé ; mais ici interviennent deux causes nouvelles : 1° l'affaiblissement de la contractilité musculaire du cœur qui lance le sang avec moins de force vers la périphérie ; 2° la galvanisation de son système nerveux moteur qui le tient dans un état voisin de la tétanisation et fait qu'il reçoit et chasse moins de sang à chaque révolution cardiaque. Donc, si d'un côté la circulation tend à s'accélérer par la dilatation des petits vaisseaux, de l'autre elle tend à se ralentir par le fait de l'affaiblissement et de la galvanisation du cœur, de sorte que la vitesse du cours du sang, considérablement exagérée dans les premiers moments de l'intoxication, se ralentit à mesure que celle-ci fait des progrès.

Il est encore une conséquence très importante qui ressort de l'examen de nos tracés : c'est la régularité et l'uniformité de plus en plus prononcée du cours du sang et de la tension, à mesure que l'on s'éloigne du début de l'action de la digitaline. Les grandes oscillations qui marquent sur les tracés normaux les variations de tension dues aux mouvements d'inspiration et d'expiration vont en s'affaiblissant insensiblement sous l'influence du médicament, si bien qu'en fin de compte les maxima et les minima se rapprochent l'un de l'autre et arrivent parfois à se confondre sur une même ligne horizontale. Cela ne veut point dire que les mouvements respiratoires se rapetissent au point de devenir imperceptibles, mais bien que les phénomènes de la circulation échappent à leur influence perturbatrice, et que le cœur reprend son empire sur lui-même.

§ II. — *Action sur la circulation lymphatique.*

Contrairement à Mongiardini et à Drack, M. Vulpian a constaté en 1855, que les cœurs lymphatiques des grenouilles ne perdaient rien de leur force et de leur régularité ; et, chez des grenouilles dont les mouvements volontaires et réflexes étaient abolis et la circulation vasculaire sanguine arrêtée depuis plusieurs heures par la digitaline, nous n'avons observé aucun trouble dans le rythme des battements de leurs cœurs lymphatiques. C'est sans doute à cette immunité de la circulation lymphatique qu'est due, en grande partie, la rapidité de l'extinction des propriétés musculaires et nerveuses des grenouilles dont le cœur est arrêté presque subitement en systole par une forte dose de digitaline.

§ III. *Action sur la respiration.*

Les modifications éprouvées par la respiration revêtent deux types différents suivant les doses de digitaline. MM. Bouley et Raynal, Lafond et Dupuis ont observé le ralentissement des mouvements respiratoires à petites doses, l'accélération et les intermittences suivies plus tard du ralentissement à doses toxiques.

M. Legros (Thèse 1867) a vu chez les enfants atteints de pneumonie ou pleuro-pneumonie les inspirations tomber de 42 et 32 à 24 dans l'espace de quatre jours, sous l'influence de doses thérapeutiques de digitale, et Dubuc, dans un cas d'empoisonnement par la digitaline, a noté 68 mouvements respiratoires à la minute.

Très-souvent, chez les chiens, les lapins et les grenouilles, nous avons observé une sorte de périodicité en trois temps dans les mouvements respiratoires; peu de temps après l'injection, les inspirations deviennent fréquentes, saccadées, comme convulsives, et plus elles sont fréquentes, moins elles sont étendues : à cette fréquence excessive succède une décroissance rapide; trois ou quatre inspirations lentes et plus étendues constituent le second temps de la période; le troisième est représenté par une intermittence.

Enfin, quelques-uns de nos tracés montrent. qu'à petite dose les mouvements respiratoires sont plus rares et qu'à à haute dose ils sont plus fréquents qu'à l'état normal.

On voit qu'il existe un parallélisme remarquable entre les modifications imprimées à la circulation et à la respiration par la digitale et la digitaline.

Ces substances agissent elles également et simultanément sur ces deux fonctions, ou bien influencent-elles l'une plutôt que l'autre? A considérer l'action spéciale et primitive qu'elles exercent sur le cœur et les vaisseaux artériels principalement, nous croyons que le calme ou le trouble qu'elles déterminent sur la circulation, entraîne à sa suite le calme ou le trouble de la respiration, et que celle-ci n'est atteinte, en grande partie, **que consécutivement à celle-là.**

§ IV. *Action sur la température.*

L'emploi thérapeutique de la digitale dans les affections inflammatoires a mis hors de doute l'abaissement de la température parallèlement à la chute de pouls, qui la précèderait toujours de quelques heures, selon M. Hirz. La thermométrie clinique a permis de suivre avec rigueur la marche de la défervescence de la chaleur, et, en général, au bout de deux, trois ou quatre jours, des doses modérées de digitale la font passer de 40 et 41°, maximum qu'elle atteint dans la fièvre typhoïde, à 36°,5, selon Læderich et Hirtz; M. Coblentz l'a vue descendre de 39°,4 à 36° dans la pneumonie; Derielle dit qu'elle est descendue à 34° dans le rhumatisme.

Bouley et Reynal ont constaté également cet abaissement lent et progressif de la température sous l'influence de faibles doses de digitale. Si Duméril, Demarquay et Lecointe ne l'ont vue descendre qu'une seule fois de 1°,7, cela tient probablement à leur manière d'expérimenter; car chez les animaux soumis à la digitaline et auxquels nous avions fait quelque incision, et quelquefois même à la suite de la seule injection sous-cutanée, il se développait une réaction fébrile qui contrebalançait les effets tempérants de la digitaline, et la température restait stationnaire ou s'élevait même au-dessus de la normale. Mais, quand l'administration de la digitaline n'était accompagnée d'aucune lésion, nous voyions la température baisser de 1° à 1°,5 en quelques heures de temps.

Déjà, MM. Bouley et Raynal, Legros, avaient vu la température s'élever de quelques degrés à la suite de l'administration de doses fortes ou toxiques de digitale et de digitaline; nous avons fait la même observation chez le lapin dont la température de l'oreille s'est élevée de 5 à 6° dans les premières heures qui ont suivi l'injection de 1 centigr. digitaline. Mais le refroidissement est toujours consécutif à cette exagération primitive de la calorification, et MM. Bouley et Raynal l'ont vu atteindre les limites extrêmes de 32 et même 25 degrés dans les derniers moments de l'agonie.

L'abaissement de température s'explique très-bien par le ralentissement du pouls, l'amoindrissement de la circulation périphérique et la diminution du nombre des mouvements respiratoires sous l'influence de petites doses, tandis qu'à haute dose l'exagération de la circulation périphérique amène l'élévation de température dans les premières heures.

§ V. *Action sur la nutrition.*

A la nutrition nous rapporterons les phénomènes qui se passent du côté de l'appareil digestif et ceux qui ont lieu dans l'intimité des tissus.

1°. *Appareil digestif.* — Chez les personnes et les animaux soumis à de petites doses de digitale ou de digitaline, les fonctions digestives ne paraissent éprouver aucun trouble, aucune impression fâcheuse, sauf une légère sensation d'amertume qui tient à la nature même du médicament ; mais l'administration continuée pendant plusieurs jours consécutifs de doses thérapeutiques finit par développer cet état de saturation de l'économie qui constitue l'intolérance et annonce le début de l'intoxication.

Cet état se traduit d'abord par un sentiment de défaillance épigastrique, une vague disposition à vomir, prostration, obscurcissement de la vue, lourdeur de tête et tension au-dessus des orbites, répugnance extrême à prendre le remède, pour peu qu'il sente la digitale (Hémolle et Quévenne).

Ces symptômes sont un précieux avertissement pour le médecin, qui doit supprimer le médicament dès leur apparition, sous peine de voir se produire de graves désordres; le médicament, par le fait de son accumulation dans l'organisme et de son élimination lente et successive n'en continue pas moins d'agir pendant huit à dix jours et à produire tous ses effets physiologiques et thérapeutiques, de sorte que cet inconvénient devient un avantage quand on sait l'utiliser.

Si l'on ne surveillait pas l'action du médicament et que l'on s'endormit dans une fausse sécurité, ces signes précurseurs seraient bientôt suivis d'une perturbation profonde de tout l'appareil digestif, consistant en tiraillement et crampes d'estomac, nausées, régurgitations, vomissements plus ou moins violents et répétés de matières fluides mucoso-bilieuses, coliques intestinales, déjections alvines devenant de plus en plus molles et finissant par se transformer en une diarrhée séreuse. Cette action éméto-cathartique se produit rapidement sous l'influence de doses fortes et toxiques. Tout ce cortége de symptômes qui se développe concurremment avec les autres signes d'intoxication accuse une action générale et non locale du médicament, car il résulte tout aussi bien et même plus promptement de son injection sous-cutanée ou intravasculaire que de son ingestion dans le tube digestif. La digitale paraît produire ces accidents plus vite que la digitaline en raison des autres principes âcres qu'elle contient, tels que huile essentielle, acide antirrhinique, etc. Il y a souvent production d'un hoquet et d'une douleur épigastrique exaspérée par la pression.

Nutrition interstitielle. — MM. Boulay et Raynal disent que les animaux maigrissent rapidement à la suite de l'ingestion de fortes doses de digitale, ce qu'ils attribuent à la perte d'appétit et aux excrétions qui ont lieu du côté des reins et des intestins. Homolle et Quévenne signalent le même fait et nousmême l'avons vu se produire, non-seulement à hautes doses, mais encore à petites doses continuées pendant plusieurs jours consécutifs. Dans ce dernier cas, l'amaigrissement nous a paru si rapide et si prononcé qu'on ne peut le faire dépendre uniquement des excrétions, qui sont rares, et de la perte d'appétit qui n'empêche point les animaux de manger. Nous pensons que les changements que l'action du médicament apporte dans la circulation, la respiration et la calorification, sont la plus grande cause du dépérissement qui survient à petites doses. Nous savons, en effet, que la circulation est ralentie, que les capillaires sont resserrés et que les inspirations deviennent plus rares; il est certain que, dans ces conditions, le conflit qui se produit entre l'oxygène de l'air et les globules sanguins est considérablement restreint et que les métamorphoses chimiques qui doivent transformer les aliments plastiques et respiratoires en éléments assimilables sont diminuées proportionnellement à la quantité d'oxygène ; la nutrition déjà lésée par la disette d'éléments réparateurs et le défaut d'assimilation, trouve une nouvelle cause de déperdition dans la résorption interstitielle favorisée par l'accumulation des matières albuminoïdes dans le fluide sanguin, parla diminution de tension veineuse, et le départ qui s'opère du côté des fonctions rénales.

§ VI. — *Action sur les organes des sens*

Les organes des sens sont peu impressionnés par de faibles doses de digitale ou de digitaline. La vue, l'odorat, l'ouïe, le goût, restent intacts ou à peu près. Le goût est seulement affecté un peu désagréablement par l'amertume, la vue est un peu obscurcie et la pupille légèrement dilatée.

Sous l'influence de hautes doses et dans les cas d'empoisonnement, la vue est le sens le plus touché : il y a toujours dilatation très-prononcée de la pupille, fixité du regard et parfois des mouvements convulsifs des globes oculaires ; la flamme des corps en combustion paraît bleue ou entourée d'un cercle bleuâtre, et l'obscurcissement de la vue peut aller jusqu'à la cécité complète ; les yeux sont injectés et saillants au point de constituer une double exophthalmie. Les oreilles sont parfois le siége de bourdonnements ou d'une surdite intermittente pouvant devenir permanente : la langue devient saburrale et sèche ; recouverte d'un enduit sec au centre, elle est rouge à la pointe et sur les bords. Il y a une soif ardente, et une extinction souvent complète de la voix (Bouley, Raynal, Tardieu, etc.)

§ VII. — *Sécrétions.*

On sait depuis longtemps que la digitale active la sécrétion urinaire, et malgré le doute d'Alibert et de Lettsom, qui lui contestent toute utilité dans les hydropisies (Mérat et Delens), malgré la restriction faite par Kluysken, Vassal et Strohl, qui prétendent que l'anasarque est nécessaire à la manifestation de l'action diurétique (Homolle et Quévenne), les succès retirés : 1° de la digitale, par Utvius dans l'hydrocéphale aiguë, par Hamilton et Comte dans l'hydrothorax, par Ferriar, par Cruveilhier, par Hirtz, etc., dans diverses formes d'épanchements ou d'infiltrations, par Joerg et Hutchinson à l'état de santé; 2° de la digitaline, par Hervieux, Sandras, Andral et Lemaistre, Homolle et Quévenne, etc., prouvent jusqu'à l'évidence que la diurèse est la conséquence de l'action de la digitaline, Homolle et Quévenne n'ayant reconnu aucune propriété diurétique aux autres principes contenus dans la digitale. MM. Andral et Lemaistre ont vu les urines doublées et même triplées de quantité dans les vingt quatre heures; mais, à mesure que la quantité augmente, la densité diminue et tombe de 1016 à 1010, 1004 et 1003; ce qui prouve que la résorption s'opère principalement sur la sérosité épanchée, soit dans les mailles du tissu cellulaire, soit dans les séreuses.

L'action diurétique est le plus prononcée dans les cas d'infiltration et d'épanchement dépendant de troubles de la circulation cardiaque, d'asthénie des vaisseaux, de faiblesse générale. Elle a paru nulle dans les hydropisies enkystées, et peu efficace dans l'ascite par compression de l'aorte (Guersent, Hirtz). Nous croyons, au contraire, que la digitale est diurétique dans tous les cas, et qu'elle l'est d'autant plus qu'il y a plus de liquides épanchés; c'est ce qui ressortira, pensons-nous, de la discussion qui va suivre.

Comment la digitale produit-elle la diurèse ? Agit-elle directement ou indirectement sur l'organe de la sécrétion urinaire?

MM. Trousseau et Pidoux (*Traité de thérapeutique*), après avoir établi cette loi générale, que tous les agents sédatifs de la circulation sont diurétiques, et, réciproquement, tous les diurétiques sont sédatifs de la circulation, tandis que tout ce qui stimule la circulation, la calorification, les fonctions végétatives et l'action de la peau diminue la sécrétion de l'urine, pensent que c'est parce que la digitale est un agent anti vital et sédatif, qu'elle produit la diurèse, au même titre qu'un bain frais ou le sentiment de la peur n'augmentent subitement la sécrétion de l'urine que parce qu'ils ont primitivement causé une sédation profonde.

Nous nous rattachons entièrement à cette manière de voir, et la relation qui existe entre la diurèse et la sédation de la circulation est d'une admirable simplicité; mais ce que tout le monde n'a peut être pas encore compris, et ce que ces auteurs ne nous disent pas, c'est comment la sédation produit la diurèse. Cherchons donc l'explication de ce fait; et d'abord qu'entend-on par sédation? Rappelons en quelques mots l'action de la digitale et de la digitaline à faibles doses sur la circulation. Nous avons vu qu'elles stimulent tout le système nerveux de la vie organique ou végétative, les ganglions cardiaques comme les vaso-moteurs; qu'en conséquence elles déterminent le resserrement des artérioles et capillaires artériels, d'où résultent l'augmentation de la tension artérielle et la diminution du nombre des pulsations cardiaques. Si nous ne considérons pour le moment que cette force de tension du sang dans les grosses artères comme l'aorte, nous voyons que tension artérielle devient synonyme de sédation, et nous pouvons dire que la diurèse est proportionnelle à la tension.

Nous sommes d'autant plus autorisé à cette conclusion, que M. Goll a vu la sécrétion urinaire diminuer chez le chien en raison directe de l'abaissement de la tension artérielle.

Cependant la question n'est pas encore résolue, et il faut savoir pourquoi la tension du sang artériel, quand elle augmente, active plutôt la sécrétion urinaire que toute autre sécrétion.

La physiologie nous apprend que toutes les sécrétions se font aux dépens du sang; que le sang qui a traversé une glande en fonction est plus vermeil et plus oxygéné que celui qui a traversé des muscles en action, et que sa température se rapproche beaucoup du sang artériel. Nous pouvons déduire de là que, plus la sécrétion est active, et plus la vitesse du sang est grande à travers les vaisseaux qui alimentent la glande. Appliquant cette proposition à la fonction rénale, dans le cas de la digitale, nous sommes amené à conclure que la diurèse est ici déterminée par une plus grande affluence du fluide sanguin dans la trame vasculaire des reins. Cette prédominance de la circulation rénale s'explique aisément, si l'on compare le peu de résistance que le sang rencontre de ce côté aux obstacles innombrables que lui oppose la circulation périphérique; et les deux lois suivantes, posées par M. Poiseuille, permettront de saisir facilement ce que nous avançons :

1° Les quantités d'eau écoulées dans un même temps, sous une même pression, à une même température, à travers des tubes capillaires d'un même diamètre, diminuent proportionnellement à la longueur des tubes;

2° Les quantités d'eau écoulées dans un même temps, sous une même pression, à une même température, à travers des tubes capillaires d'une même longueur, sont entre elles comme les quatrièmes puissances des diamètres de ces tubes.

Les artères rénales sont les plus courtes et les plus volumineuses de celles qui se rendent à des organes glandulaires ou autres, et leurs divisions et subdivisions en artérioles et capillaires sont aussi remarquables sous le rapport de leur brièveté.

D'après la seconde loi, si le diamètre des petits vaisseaux diminue de moitié sous l'influence de la digitale, l'écoulement du sang devient seize fois plus lent, et ce chiffre multiplié par la quantité innombrable des capillaires périphériques constituera une résistance énorme relativement à celle qu'opposera la circulation capillaire rénale; en outre, d'après la première

loi, la brièveté des artères et des capillaires rénaux relativement à la longueur des artères et capillaires périphériques
exerce un appel considérable en faveur de la circulation rénale, activée encore par le volume énorme de ses canaux vasculaires.

Les lois de la physique, comme celles de la physiologie,
nous conduisent donc, par des voies différentes, au même résultat et nous permettent de conclure que la sédation produite
par la digitale exagère la tension artérielle et que c'est cette
dernière qui, activant la circulation rénale, rend la diurèse
plus abondante, sans que nous ayons besoin d'invoquer une
action élective sur les reins pour l'expliquer. Il est probable
que la plupart des diurétiques et peut-être tous agissent de la
même manière, et que tout ce qui produit la sédation exagère
la tension sang ine artérielle, et, par suite, l'activité de la circulation rénale et de là sécrétion urinaire.

Nous pouvons donc affirmer que la digitale à faible dose est
diurétique dans tous les cas, à l'état de santé comme à l'etat
de maladie, par cela seul qu'elle augmente la tension du sang.

Si notre théorie est exacte, nous devons voir se produire le
contraire à haute dose, car nous avons démontré que la digitaline à dose forte ou toxique fait baisser considérablement la
pression sanguine.

En effet, MM. Bouley et Raynal disent que dans l'empoisonnement par la digitale, les urines deviennent rares, que la
miction, quoique fréquente, est très-peu abondante chaque
fois, tandis qu'il survient des sueurs profuses sur le dos et le
flanc des animaux, une salive filante à la bouche, et plus tard
les vomissements mucoso-bilieux et la diarrhée séreuse. Il en
est de même dans les cas d'intoxication par la digitaline rapportés par M. Tardieu.

Nous avons observé, nous aussi, une salivation abondante
chez les chiens qui avaient reçu de fortes doses de digitaline.
Il est évident qu'à mesure que les capillaires se dilatent, le
sang gagne la périphérie, s'écoule plus librement, se porte en
plus grande abondance dans les parenchymes glandulaires les

plus éloignés et diminue d'autant la circulation rénale. Nous voyons alors se produire l'inverse de tout à l'heure, c'est-à-dire que la sécrétion urinaire diminue et est remplacée par l'ensemble des autres sécrétions cutanée, muqueuse, salivaire, etc.

Fonctions de reproduction.

Lorsque la digitale ou la digitaline sont administrées pendant un certain temps chez l'homme en possession de toutes ses facultés viriles, celles-ci s'éteignent insensiblement, les désirs vénériens disparaissent, les érections deviennent impossibles, la sécrétion du fluide séminal diminue petit à petit et peut finir par disparaître. L'action antiplastique et antivitale de la digitale rend compte de ces résultats, et sa puissance antiphlogistique explique ses succès dans la spermatorrhée, suite d'uréthrite chronique. (Brugmans, Corvisart, Laroche, Bouchardat, Legroux.)

Chez la femme, la digitale et la digitaline déterminent des contractions utérines régulières, fortes, intermittentes et arrêtent les métrorrhagies (Dickenson), Piedagnel, Trousseau, Gubler) ; aussi ont-elles été employées comme abortifs (Tardieu). Il est probable qu'elles produiraient chez la femme, comme chez l'homme, l'anaphrodisie, l'impuissance et même la stérilité, si on en continuait trop longtemps l'usage ; de même qu'elles tarissent la sécrétion spermatique, elles s'opposeraient au développement des vésicules de Graefe, et l'espèce serait doublement compromise.

De l'ensemble de ce travail, il résulte que la digitaline n'agit pas sur un organe unique à l'exclusion des autres, comme l'avaient prétendu certains auteurs, mais bien sur tous les appareils et toutes les fonctions, sinon simultanément, du moins successivement et progressivement ; et le meilleur moyen de s'en convaincre, consiste à suivre pas à pas la série des phénomènes physiologiques qui se déroulent sous l'influence de doses graduellement croissantes de digitaline, en commençant par les plus faibles et terminant par les plus fortes.

Quand on administre cette substance à doses modérées et successives de manière à éviter les symptômes qui caractérisent le début de la saturation et de l'intolérance, son action semble se limiter aux systèmes, appareils et fonctions de la vie organique ou végétative sur lesquels elle s'exerce par l'intermédiaire du grand sympathique dont elle est le stimulant ou excitant direct.

Les deux appareils le plus immédiatement en rapport avec le système du grand sympathique sont ceux de la digestion et de la circulation ; aussi les fonctions auxquelles ils président sont-elles les premières atteintes par les effets de la digitaline, les autres ne l'étant que secondairement et consécutivement à celles-ci.

L'action de cette substance, à petites doses, s'établit lentement, sourdement, et comme en silence ; ses effets sur l'appareil digestif sont obscurs et peu sensibles ; néanmoins elle facilite les garde-robes et donne un peu d'appétit aux malades, ce qui s'explique par les mouvements inconscients qu'elle détermine sur les parois du tube digestif ; son action sur l'utérus paraît nulle quand cet organe est vide et complétement revenu sur lui-même, et se manifeste par des contractions nettes et intermittentes quand il est gravide ou récemment débarrassé du produit de la conception et par le phénomène de l'hémostase quand il est le siége d'hémorrhagies ; elle produit la mydriase par la contraction du dilatateur de la pupille.

Son action sur la circulation, quoique lente, obscure et silencieuse, comme tout ce qui s'accomplit du côte des fonctions organiques, est néanmoins parfaitement bien définie. Nous avons démontré, en effet, que la digitaline fait contracter les capillaires artériels et les artérioles, diminue leur capacité interne et oppose ainsi une barrière au cours du sang, qu'elle rend les mouvements du cœur plus forts, plus énergiques et plus réguliers, qu'elle augmente la tension artérielle, ramène la plénitude et la résistance du pouls et détermine le ralentissement des battements cardiaques et des pulsations artérielles, ralentissement qui est consécutif et directement proportionnel à l'élévation de la pression sanguine artérielle.

Il résulte de cette action sur l'appareil circulatoire que le cours du sang est considérablement ralenti, qu'il est devenu régulier, et, d'un mouvement alternativement accéléré et ralenti, s'est transformé en un mouvement uniforme ; consécutivement à ces modifications de la circulation, toutes les fonctions vitales se modèrent et languissent ; c'est ainsi qu'on voit la respiration se ralentir, les mouvements respiratoires moins nombreux, sont plus calmes, plus égaux, plus réguliers et n'influencent plus les changements de la tension artérielle : les phénomènes de l'hématose perdent doublement de leur activité par suite du ralentissement de la circulation et de la respiration ; aussi la combustion devient-elle moins vive et la température tombe-t-elle de 1 ou 2 degrés au-dessous de la normale. Par suite du resserrement des capillaires et de l'augmentation de la tension artérielle, on voit les tissus pâlir, les sécrétions des muqueuses, de la peau et des glandes excentriques en général, se tarir ou devenir moins abondantes, tandis que la sécrétion urinaire est considérablement accrue.

L'amoindrissement des fonctions vitales et des phénomènes chimiques d'un côté, l'abondance de la sécrétion urinaire de l'autre, sont des causes puissantes de dénutrition et peuvent amener promptement la résorption de dépôts morbides solides ou liquides et même la destruction partielle des tissus normaux. On voit que, pour produire ces effets de sédation profonde, effets qui s'engendrent les uns les autres, la digitaline semble n'avoir agi jusqu'à présent qu'en stimulant légèrement le grand sympathique.

Si maintenant nous dépassons les limites de la tolérance en laissant les petites doses s'accumuler dans l'économie, ou bien si nous donnons en une seule fois une dose assez forte pour produire les signes de l'intolérance, l'exagération de la plupart des phénomènes précédents, tels que les coliques intestinales, les évacuations alvines, les nausées et parfois les vomissements, les tranchées utérines, les mictions plus fréquentes, la dilatation plus rapide de la pupille, la force et la fréquence des battements cardiaques, indiquent encore que la digitaline agit en excitant le nerf grand sympathique plus fortement que tout à l'heure; mais ici intervient un autre élément qui change, du tout au tout, la fonction de la circulation et celles qui lui sont immédiatement subordonnées; c'est la diminution de la tension artérielle que le nerf sensible du cœur, impressionné trop vivement par une forte dose de digitaline, produit en déterminant la paralysie des vaso-moteurs par action réflexe à travers la moelle épinière; alors les capillaires et petits vaisseaux artériels se relâchent, deviennent béants, offrent un libre accès au cours du sang qui se précipite vers la périphérie en produisant un abaissement de tension dans les gros troncs artériels et par suite, l'accélération des battements du cœur et des pulsations artérielles.

Cette exubérance de la circulation périphérique entraîne à sa suite l'exagération des autres fonctions; les mouvements respiratoires sont plus fréquents, l'hématose plus puissante, la température plus élevée, les sécrétions muqueuses, cutanée, salivaire, biliaire, etc., plus actives; par contre la sécrétion urinaire est beaucoup diminuée; en même temps au calme et à la sédation qui surviennent à petites doses succèdent l'agitation et le malaise déterminés par de fortes doses.

Administre-t-on de nouvelles doses de digitaline de manière à arriver rapidement à l'intoxication, ou bien donne-t-on d'emblée une dose toxique, les phénomènes de la deuxième période vont s'exagérer d'abord, mais bientôt ils font place à une troisième période, caractérisée par l'anéantissement des forces, l'hyposthénisation des centres nerveux et nerfs volontaires, la paralysie du système musculaire en général et du muscle cardiaque en particulier, dont l'affaiblissement rapide finit par déterminer la syncope et la mort.

Cet exposé rapide des effets successifs produits par des doses croissantes de digitaline est loin d'embrasser tous les détails intéressants contenus dans ce travail, mais il suffit à donner une idée de l'ordre d'apparition des symptômes, qui constituent ce que l'on pourrait appeler la gamme physiologique du médicament.

Première période. — Digitaline à doses thérapeutiques.

Nous résumerons de la manière suivante les trois périodes :

Elle produit une légère stimulation de tout le système, grand sympathique, ganglions cordiaques, filets vaso-moteurs, etc., et par son intermédiaire.

Comme action immédiate :

1° Une faible excitation des muscles lisses du tube digestif, de la vessie, de l'utérus, etc.;

2° La dilatation de la pupille par la contraction de son muscle radié ;

3° La contraction des vaisseaux artériels en général et de leurs branches capillaires en particulier ;

4° L'augmentation de la tension artérielle et la diminution de la tension veineuse ;

5° Le ralentissement, la régularité et l'énergie des battements du cœur ;

6° La régularisation, l'uniformité et le ralentissement des cours du sang ;

Comme action médiate.

7° La sédation du système nerveux volontaire central et périphérique ;

8° Le ralentissement de la respiration ;

9° L'amoindri.sement des fonctions de l'hématose, de la combustion et de la fibrination du sang, en un mot, modération des fonctions hématopoiétiques ;

10° Abaissement de la température ;

11° Diminution des sécrétions excentriques, muqueuses, cutanée, salivaire, biliaire, spermatique, etc. ;

12° Exagération de la sécrétion la plus concentrique, la sécrétion urinaire ;

13° Comme conséquence, résorption des liquides et solides, morbides d'abord et normaux ensuite ;

Deuxième période. — A doses contro-stimulantes.

Il y a deux actions parallèles et simultanées : excitation plus prononcée du grand sympathique et excitation du nerf dépresseur du cœur.

La première action détermine :

1° L'exagération des contractions de l'intestin, de l'estomac, de la vessie, de l'utérus et de la dilatation pupillaire ;

2° L'augmentation de la force du cœur et de la fréquence de ses battements.

La deuxième action détermine :

1° La paralysie réflexe des vaso-moteurs ;

2° Le relâchement et la dilatation des vaisseaux artériels en général et de leurs divisions capillaires en particulier ;

3° La diminution de la tension artérielle et l'augmentation concomitante de la tension veineuse ;

4° L'accélération consécutive des battements cordiaques ;

5° L'accélération du cour du sang ;

6° L'augmentation du chiffre des mouvements respiratoires ;

7° Augmentation de la température ;

8° La diminution de la sécrétion urinaire ;

9° L'augmentation des sécrétions excentriques, cutanée, muqueuses, salivaire, biliaire, etc.

Troisième période. — A doses toxiques.

On observe deux temps bien distincts et successifs.

Au premier temps : Exagération de tous les phénomènes de la deuxième période.

Au deuxième temps :

1° Hyposthénisation des centres nerveux et nerfs volontaires ;

2° Paralysie de tout le système musculaire ;

3° Extinction plus prompte de la contractilité du muscle cordiaque que de celle de tout autre muscle ;

4° Circulation lymphatique intacte.

5° Mort par syncope.